主编 凌翔

当代著名作家美文自选集

一生为一件事而来

袁秋茜 著

民主与建设出版社
·北京·

© 民主与建设出版社，2020

图书在版编目（CIP）数据

一生为一件事而来 / 袁秋茜著. —北京：民主与建设出版社，2020.2
ISBN 978-7-5139-2883-0

Ⅰ.①一… Ⅱ.①袁… Ⅲ.①散文集－中国－当代 Ⅳ.①I267

中国版本图书馆 CIP 数据核字（2020）第 018170 号

一生为一件事而来
YISHENG WEI YIJIANSHI ERLAI

著　　者	袁秋茜
责任编辑	周佩芳
封面设计	陈　姝
出版发行	民主与建设出版社有限责任公司
电　　话	（010）59417747　59419778
社　　址	北京市海淀区西三环中路 10 号望海楼 E 座 7 层
邮　　编	100142
印　　刷	唐山楠萍印务有限公司
版　　次	2020 年 7 月第 1 版
印　　次	2020 年 7 月第 1 次印刷
开　　本	710 毫米 ×1000 毫米　1/16
印　　张	13
字　　数	200 千字
书　　号	ISBN 978-7-5139-2883-0
定　　价	49.80 元

注：如有印、装质量问题，请与出版社联系。

目 录

第一辑　乡村吹来思念的风

送你一个乡野　002
在自然的时光里，安稳地幸福着　005
给你一个村庄　008
我离大地最近的时候　011
朴素的美味　014
四月里的乡野　017
老屋和你　020
清明祭　023
四月浪漫的一天　027
六月的村庄　031
七月的雨　034
临行杂记　037

第二辑　被爱是一种幸福

我们仨　042
被爱的幸福　045
为我照料花草的人　048
来自故乡的泥土　051
摘些山花给妈妈　054

烟火里的疼爱　057
那光，那娘儿俩　060
碎在时光里的爱　063
回家的诱惑　068
愿你余生平安喜乐　073

第三辑　一生为一件事而来

一生为一件事而来　078
夏味渐盛，小满未满　081
寒风凛冽　084
天上月　087
收梢　090
阳光下，请闭眼　093
雨声不知道我　096
小雪，邂逅自己　099
心是骑白马的王子　102
像萝卜花一样盛开　105

第四辑　种下一个梦想

那么暖，那么感动　110
沉香红，她给了我追梦的翅膀　113

种下一个梦想　116
抬起头，迎来自己的日月星辰　119
向前走吧，年少的梦想终将实现　122
梦想遥不可及，我却依然爱它　125
一条短信，十个春天　128
写给二十四岁的自己　132
希望，在新的一年中　135

第五辑　四季都会带来故事

借我笑颜灿烂如春天　140
等夏的风　143
我在春天里等你　146
夏日很长，夏日很短　148
听秋雨而落乡思泪　151
那年合欢树　154
我想慢慢爱你　158
冬天里的梧桐树　162
烟火爱情　165
等你的心意　168
站在雪的世界里　171
再见，我的打卡少年　174

第六辑　怀念不必多，但一定要有

　　　　我所要怀念的　　180
　　　　亲爱的姑娘，我们会遇见幸福　　184
　　　　我眼里的蒋坤元老师　　187
　　　　南方姑娘和北方少年　　191
　　　　我要热气腾腾的生活　　197
　　　　与书结缘，是一件幸福的事情　　200

第一辑 乡村吹来思念的风

送你一个乡野

乡野里有什么？乡野里什么都有。

你搬了个小板凳，坐在门口。眼前的这棵枇杷树，大大小小的枇杷绿油油的，它们结在枝头，结在枝杈，结在葱郁无比的枇杷叶间，多好。你看到枇杷树下，长着的是青翠色的韭菜，看得见被镰刀割过的痕迹，也看得见新冒出来的芽头，多真实。那韭菜旁边，还长着大洋葱呢，像一排排站着的小哨兵，多精神……

你转个头，又是一处风景。田圃里长着半米高的蚕豆，蚕豆的叶子肥硕，蚕豆荚宛如小船挂在蚕豆梗上。你望着，便能想到新鲜蚕豆焖在锅里的馋人味道。不光光长了蚕豆呢，旁边还有更高的莴苣，它可高昂了，头朝天，叶子也朝天散开，只顾往上长。你在想，要是烧个莴苣蛋汤，那一根就该足够一家三口吃了吧。这自给自足的日子，你觉得挺美。

于是，你想起身走走。沿着门前的小路，不急不忙，有一步没一步地走着。路旁的油菜花在四月底就全部凋谢了，现在盈盈的油菜籽压得油菜秆弯了腰，一半黄一半绿，也是特别得很。你猜想，不消半个月，这片油菜就该收割了，母亲又要忙了吧。你用手扶了扶要躺下去的油菜，沉甸甸的。其实你不必扶，因为它们太饱满了，还是会往下躺。

但你弯了腰，便瞧见了油菜丛间长着的婆婆纳，开着小蓝花。猫儿草铺了一地，纤弱得像弱女子，可偏偏它们就活着，在盛大的油菜荫下，还是活着。还有狗尾巴草，毛茸茸地翘着，它也争着要和它们长在一起。

你觉得这乡野里长的这些草啊，真的好奇怪，为什么要往一处长呢？为什么不各自选一块地呢？阳光雨露，同一片地，肯定会有争抢，它们图什么呢？

忽然，你就笑了。哪有什么好奇怪的，这是乡野啊，野花想开在哪里便开在哪里，野草想长在哪里便长在哪里。难不成还要像在大城市一样，划区域，分门别类地去生长吗？

银杏树上站了几只麻雀，"叽叽喳喳"地叫着，它们跳来跳去，也不知道在高兴啥。你不动声色，想靠近它们点儿，它们却敏感地"扑棱"一声就都飞走了。飞到哪里去了呢？飞到了河对岸的青芦苇里去了，飞到了前村人家的屋檐上去了，飞到了远处的电线杆上去了……

你直直腰，望着它们飞走，有点羡慕它们的自由。然而随即便发现，乡野里可不止它们是自由的。你看河里的鱼，从东游到西，从南游到北，水底游久了，就窜上水面换个气。水鸭摇摇摆摆地游着，整天都漂在水里，从没见人管过。从你脚边跑过的小黄猫，追着低翔的燕子，没追上，就歇了下来，躺在了泥土上。旁边的黑狗打着盹儿，竟也没发觉，不然你还能看到它冲着猫叫两嗓子呢！

"丫头，咋有空回来啊？"邻居婶婶疏松着地，和你打着招呼。你走过去，告诉她回来休息两天。她撑着锄头，热切地问着你近况，聊扯着。你想不要耽误了她干活儿，差不多了便说再随处走走。她也乐呵呵的，说着"有空常回来，乡下没城里那么快，不着急……"

003

的确，乡下没有快节奏，一切都慢慢的，按着自然规律来。乡下的人，他也没那么多心思，十分淳朴。每家每户有着一亩三分地，按时节播种、耕耘、收获着。很多时候，他们比城市里的人们啊，看得更开，看得更淡，所以也就更自在些了。

　　你想到了"绿树村边合，青山郭外斜""榆柳荫后檐，桃李罗堂前""暧暧远人村，依依墟里烟"……自古以来，真的有无数诗句来形容这乡野田园。你也不知道，该用哪句才能准确描述你所看到、所感受到的这一切。

　　说不上来，它到底有什么。可它就是让你感到生机勃勃，觉得生命都有着力量；让你感到满足，付出了有收获；让你觉得舒心自在，不被条条框框约束；让你放慢了脚步，通达了很多……

　　于是，你一遍又一遍地在心底感谢着。谢谢自己遇到了这样的乡野，谢谢乡野里有着这一切，谢谢这一切在等着你回来……

在自然的时光里，安稳地幸福着

清晨六点的太阳，红扑扑如婴儿的脸蛋儿。整个村庄被照得温亮，在一声声鸡鸣中醒来。

母亲从不贪睡，阳光射进窗户时，她自然而然就醒了。她说在村子里生活，不需要钟表，大自然会告诉她时间。她还说，被阳光喊醒的人，一天都会带着好心情。在城市的高楼大厦，每天被闹钟喊醒的我，一直不能体会她所描述的幸福。

但当那缕阳光如绸般滑过我的脸，梦淡淡远去，我缓缓睁开眼时，内心的愉悦无可比拟。在那一刹那，我明白了母亲所说的安稳和幸福。我走到窗边，乡野之风吹来了秋天的味道，满是花生、黄豆、稻谷成熟的味道，太亲切也太叫人欢喜。

我瞧见母亲在门口的田地里弯腰忙碌着，她用锄头将摘完花生后坑洼的地抚平，撒下香菜种子，再用双脚一步步踏实。几只麻雀停落在她上空的电线上，"叽喳"叫个不停。忽而，邻居家养的那条白色小狗跑过去，朝着母亲摇着尾巴，它脖子上挂的铃铛发出清脆的声响。母亲笑着停下手中的活儿，蹲下身子逗着它玩。这样的画面很和谐，乡村的安适比城市的繁华叫人心旷神怡。

我走到母亲身旁，乐呵呵地看着小狗在地上打滚，用我的手去握小狗的爪。母亲说："这狗一有人来就"疯"，它现在可快活哩，有人和它玩比吃肉都高兴。只要你愿意，它能和你玩一上午呢。"我能感受到狗狗的高兴，也知道乡下的狗或许没有城市的狗名贵，但它们有自己的自由，不用被绳拴着，可以尽情地奔跑在田野里，高兴了就在泥土上打滚儿，累了就趴在树荫下睡觉。

母亲掸了掸身上的泥灰，将锄头藏在桃树下，让我回屋里盛了粥将其先凉着。农家的早饭很简单，一锅清粥，一盘咸菜，一碗自制的豆酱就足够了。算不上美味佳肴，但绝对吃得自由自在，有滋有味。母亲一边吃，一边得意地问我："这咸菜是不是酸溜溜，很爽口？"我点点头，的确比超市里卖的更合我口味。母亲告诉我，那是因为将春天最新鲜最旺盛的雪菜晒成干，压在陶罐子里腌存，里面放了花椒、八角，掀开盖儿就能闻到香呢！母亲说起这些自制的食物，总是神采奕奕，她相信农家人在吃的方面有独特的手艺，不比星级餐厅的大厨逊色。

我在外很少正儿八经地吃早餐，经常买了包子和豆浆在路上就解决了，食不知味。在家吃早饭，不用担心吃久了赶不上上班，也不用担心吃多了被人笑话。慢悠悠地吃，随心所欲地吃，一碗粥不够，就再添一碗，并非是要吃撑，但一定要有满足感。母亲时常打趣地说道："别看我们吃的都是寻常菜，你们在外面想吃还吃不到呢。你们在外漂泊久了，总有一天会想念我们这儿的神仙日子。"

是啊，可不就是神仙过的日子吗？每天被阳光亲吻，醒来便能看见乡野，感受自然的气息。在自家田里忙碌着，收获一季，播种一季，循环反复，生生不息。头顶上有蓝天白云，脚底下有厚实的土地，身旁有奔跑的小狗，远处有学步的孩童。吃自己种的谷物，在自己的时间里，有欢笑有舒畅，有别人不走进便无法体会的自由。

  一天的时间可以过得很慢很慢，因为可以按照自己的心意去活。路边来个人问路，可以指完路后再聊会儿天；干活儿累了，可以回屋搬个凳子出来歇歇；午饭后困了，便躺在床上呼呼睡上一觉；日暮时分，也不急着从田地里回来，站在河边看人家钓了多少鱼……这一天里，可以做许许多多的事情，绝不是上班、下班就能概括的。

  "想什么呢？"母亲递给我几颗家中长的枣子，打断了我的思绪。我望向她指着的那棵长在河岸的枣树，绿色的叶子很吸引人，让我忍不住跑去近看。我站在树下，仰头数着青枣，一颗、两颗、三颗……数了一遍又一遍，像个小孩子开心地围着树转，满心期待枣子变红。

  母亲说，她种那棵枣树并不是为了吃枣，而是为了我回来看见枣子高兴。果真，我瞧见很高兴，那么她就会好好培育，让它越长越大，让它越结越多。我听后，更是乐了，因为母亲的心意，更因为我还能被感动，乡村时光让我的心变得格外柔软。这样的感觉，真好！

  如此的生活，惬意、安稳、自由，也充满着爱。相信每一个疲惫归来的人儿，都会被其治愈，呼吸着自然的空气，带着好心情，与爱的人为伴，过上如神仙般的日子。天地皆好，还有什么是值得自己去烦忧的呢？

给你一个村庄

暮色四合时，悠悠开着的大巴车终于停在了有些简陋的车站门口。我背起了包、拉着行李箱下了车。天空飘起了细雨，我深吸了口气，九小时的车程让我跨过了省、跨过了市，抵达了县城，我既疲惫又心安……

母亲在路的另一侧大声喊我，仿佛是厚厚的云层里传来的惊雷，昏沉沉的我被那久违的乡音唤醒，于是再一次意识到自己踏在了生养我的故土上，自己是真的回来了。我像孩子般欢快地跑向母亲，她的身上有着平淡的青草香，外套上的泥渍也未掸去，她那沾了雨的脸庞露着喜色。

她说："等了你好久，路上堵得很厉害吧？"她又说，"回来了就好，回家后好好歇两天，在外肯定不如家中舒服。"她将行李放好，关切我是否需要雨衣。我看着那并非很大的雨，落在掌心很快就渗入到了皮肤里，摇着头说："不了，直接回吧，大了再穿也不迟。"

许久没有看到小镇的景色了，在沿途中，我不舍得闭眼。细润的雨带来的不是秋的肃杀，而是朦胧和宁静，镇子上有新开的美发店，有增宽的水泥路，也有十来年的老建筑，墙壁剥落的母校……远远近近的许多事物都不说话，可它们告诉了我，我离开之后的村庄是什么模样。

越是往村庄里去，越是有大片的田园风景让我的心情舒爽，它们淡去了我很多的烦闷和郁积。瞧那一亩亩的水稻，即便是在暮色里都能看到它们的青翠，风一过就是一阵的绿浪，稻穗跟着手舞足蹈，它们是不是也期盼着早日成熟，给村民们带来秋天收获的欢乐？和它们一样摇晃着的是河岸上的芦竹，外秄在风中煞是好看，穗往一边斜，柔而不软，宛如女子温婉又坚强。它们立在河边成了一片，让人想起了马戴的"芦荻晚汀雨，柳花南浦风。"

睡在低处的白菜才巴掌大小，它们不动声色，静静地窝在泥土上，倾听着大地的声音。满目的绿色，白菜的绿嫩得特别干净，像是初生的婴儿，纯粹着天真着。我不禁想起往年在阡陌交通的田野里撒着白菜籽儿的情景，一根渔网线牵着地两头，母亲弯着腰低着头抖着手，菜籽儿从手缝儿里落下去，母亲再用穿着布鞋的脚踢着土，就那么随意地种下了。可它们长得很好，不计较丝毫，满足于天上落的雨水，地里施的肥，将阳光、空气和朝露一一吸收着。

我看着路过的那户人家门前的一片柿子林，红而发光的柿子挂在枝头，充满着诱惑，是一道别样的风景。我忍不住问母亲："现在还有种这么多柿子树的人家吗？"母亲望了一眼，淡淡地说："少了少了，这附近恐怕就他家有这么多了。你想吃的话，我们家的那棵结了不少，保准让你吃个够。"我脑中还记得很多年前，屋后的那片柿子林，到了秋季，大人们总是一筐筐地装着柿子，我们小孩子调皮地坐在枝丫上，吃着笑着，看着忙碌采摘的人们。我也不是特别想吃柿子，就是怀念那时村庄里家家户户都采摘柿子的情景。还好，那户人家现在还有一片柿子林。

我们到村口时，雨停了。村子里的猫啊狗啊，互相追赶着，它们时不时挡住我们的去路。母亲一喝声，它们就跑开，钻进扁豆藤里，探着脑袋看着我们走远了，又跑出来嬉闹着。母亲说，奶奶喂养的那只黄白老猫，下了六个崽，一只死了，其余五只整天在家周围转着。它们可爱的时候是可爱，争抢吃的时候也叫得人心烦呢。我好久都没有摸到过猫了，不是家养的猫见人都躲闪得厉害，难以接近。在外工作时，我时不时想念那只团在我怀里打呼噜的老猫，它总是暖暖的，很听话。

　　我打开后院的门，果真有小猫咪一下子蹿到豆叶里去了，黄白相间的毛色，和它妈妈一个样儿。羊圈里的那头羊还是不改习性，一听见声响就开始"咩咩"地叫着，头伸到栅栏外。我伸手去摸，它不闪躲还往我这儿蹭。于是，它遭来了母亲的责骂："下去下去，你再把我儿的衣服弄脏了。"它听话地下去了，但把背转向了我，它又想我给它挠挠痒了。我咧开嘴笑话着它："你就是个骗子，总骗我帮你挠痒，舒服吧？"它站在羊圈里不动，享受着，看着它的模样，每次我都自说自话帮它梳理着毛。它当然是无法骗我，都是我自愿的。

　　母亲笑着抓了一把草扔了进去："你呀，现在比人都快活儿，有人给吃的，还有人挠背，什么都不愁……"母亲和我其实都没有把它当畜生看待，尽管有时候会骂它两句，但若不是自家养的羊，哪有那么多感情和它说话，好生伺候着呢？我们从来不会把爱说出来，但爱一直都看得见。

　　不一会儿，天彻底黑了，灯一盏盏被打开，屋子亮堂了许多。村庄在家家户户的灯光中若隐若现，晚风吹得芦竹响，蛙声此起彼伏，间或从田埂某处传来几声猫狗叫。置身于此，我身心都被治愈了，不禁默默感谢着。

　　谢谢你们呀，给了我一个村庄。

我离大地最近的时候

秋收时节，在田间地头忙碌地收获的人们，弯腰浅笑，将身影化作秋天里的一道风景线。

母亲说，人学会直立行走后，离大地越来越远了。好在，耕种和收割让我们离大地很近。

母亲讲这话的时候，正是八九点钟的太阳照在身上暖洋洋的时刻。她一手抓着大豆秆，一手用铁锹去切断大豆根，她弯着腰，脸几乎要碰到地了。她脸上的汗珠，由小变大，承不住了就顺着脸颊滑落到泥里，无声无息，与大地融为一体。

我和母亲在大豆田里已经忙活一早上了，她负责拔大豆秆，我则负责捡掉落在地上的黄豆。她一株一株地拔着，我一颗一颗地捡着。打小，我便帮母亲干些农活儿，只是这两年秋收的时候我不在家，无法参与罢了。但是，母亲心中却有着一丝愧疚，认为孩子好不容易回了趟家休息，却要在田地里晒着太阳干活儿。

"要不是这豆子等不得，我也不会让你来捡的。你听，它熟了就噼里啪啦地炸在地里，晚收一天，掉的豆子就数不清了。"母亲捧着大豆秆放在推车上，开裂的豆荚又蹦了几粒豆子出来。我知道，若是我不回来，不帮忙，掉在地里的豆子怕是更多了，母亲一个人便会更辛苦。

"不是你说的嘛，人要是长时间不亲近土地，会没有生命力的。我正好趁这个机会，好好踏在这生长万物的土地上，吸取精华呢！"我将手中捡的黄豆扔在袋子里，挪着凳子继续往前捡着。想想平时在城市里，走在再美的地砖、再华丽的地毯上，都不会感受到泥土给人的安全感和厚重感，心中少了那份踏实。

我低着头，在捡豆子的时候，发现许多我叫不出名字的虫子，有种重回童年的感觉。乡野里生长的孩子，对于那些蠕动的昆虫是欢喜着的。我们会用玻璃瓶装七星瓢虫，会用树枝挖蚯蚓用来钓龙虾，会让两只体格健硕的大虫打架……那时候的我们不知道害怕，反而因为好奇心，趴在地上寻找着好玩的虫子。我们也因收集着田地间的各种虫子，让衣服上蹭满了泥，粘着蜘蛛网或者树叶之类而被家长责骂，可我们仍旧乐此不疲。

那是一段我们离大地最近也最快乐的时光。那时的我们都是住在大自然里的孩子，知道春天种什么，秋天收什么，花儿何时开何时谢，白鹭爱站在哪块田里……田野的风，吹的是花生香还是稻香，我们的鼻子一嗅便知晓。小时候只知道玩，但渐渐长大的我们也从父母家人耕种土地的辛勤上学会了对土地抱有敬畏之心。尊重土地，才能享受土地带来的恩惠。

日暮时分，我和母亲将一车的大豆运回家。一路上会经过其他人家的田，也会看见他人在田间劳作的身影。母亲碰到熟人停下来聊上几句，熟人见我便会笑着夸我懂事，因为她家的儿子回来后就知道捧着手机玩，天黑了都不会来寻田间辛劳的她。母亲听到这话，自然是有些得意，但为了劝慰她只好感慨地说道："现在的孩子，都不愿和泥土打交道了，往后的一辈是不会像我们一样种田了,你只能随他们去了……""是啊,只能随他们去了,还有什么法子呢?"熟人语气里,尽是些无奈。

我听着,也无法说什么。毕竟现在的小孩或者年轻人,真的是不愿意亲近大地,不愿意自己的身上沾上泥灰,他们不知泥土的味道,也不懂土地给了我们怎样的恩泽。"为什么我的眼里常含泪水?因为我对这土地爱得深沉!"艾青的这句诗,读懂的人是越来越少了,可又有什么办法呢?

我想,在这秋收时节,只有离大地最近的人,才真的知道挥洒汗水后的喜悦,知道付出后收获的心安,知道草木生长、万物有灵的自然的珍贵吧。愿我们在仰望星空的时候,别忘了也亲吻一下我们脚下的土地,听听它的呼吸,感受它的魅力……

朴素的美味

乡村里的食物，都是朴素的。

回到家的那一晚，是真的很晚了。夜空中缀满了闪烁的星星，从广阔的田野上吹来的风让人瑟瑟发抖。没料到家乡的夜晚会那么凉，我也只好听着母亲的嗔怪，谁叫我穿得那么单薄呢！然而，当我接过母亲从电饭煲里拿出的玉米棒后，清香和暖意扑面而来，很快就驱散了我身上的寒意。

母亲说，玉米是从下午就开始煮的，煮熟后一直保温着，等我回来吃。在她眼里，玉米棒是很好的食物，黏黏糯糯的，又香又甜，捧在手里吃很舒服。故而，她会将玉米棒整齐地放进冰箱里，等着我放假回家或者父亲过年回家时拿出来煮，让我们也享用到。我一边吃着玉米，一边用手撕着玉米须，母亲在一旁陪着我，说着她的心事。深深的凉夜，暖暖的玉米，我和母亲有着尘世间最朴质的相守。

第二日醒来后，我和母亲一起吃着早饭。清粥和咸菜，特别简单，但我们吃得很开心，很满足。所谓"人间有味是清欢"，和家人一起吃饭不用大鱼大肉，朴素的饭菜也能吃出幸福感，最是人间美滋味了。吃完早饭收拾好碗筷，母亲端出一篮煮熟的花生出来："来，尝尝今年摘的花生，早上刚煮好的，很好吃呢。"

我颠了颠篮子里的花生，颗颗有模有样，长得很标致，是好花生。剥了一颗，里面的两粒花生米很饱满，放进口里咬开后，唇齿间弥漫着花生的味道。花生是长在泥土里的，所以它带着大地的厚重和亲切，令吃的人可以想象到土地上盛开的野花，野花上飞舞着的蝴蝶，是让人很舒心的一种食物。

我抓了一把花生，边走边吃，边看着家中田里长的作物。母亲忙着收黄了的大豆，看到还绿油油的毛豆，她也一样拔了，因为她想要做油焖毛豆，作为我们接下去几日的小菜吃。我蹲在一旁，把手中的花生壳儿扔在地上，让它从土里来再回到土里去。我问母亲，怎么不让那几株大豆长黄，还能多收点呢？

母亲淡淡一笑，反问我："为何要多收一点？因为要卖钱吗？卖的钱是要干什么？因为要买吃的吗？既然最后都是为了要满足自己的口欲，那为何不吃自己亲手种的呢？"母亲的话，不是金句名言，但很有道理。我想想也是，何必要求那么多的钱财，自己种出来的更健康，吃着更安心，不是吗？田园生活最妙的地方，就是可以按照自己的心意，种想种的蔬菜水果谷物，永远可以吃新鲜的当季食物，这是简单又难得的自由啊！

看到河边上南瓜藤铺了一地，肥硕的叶子下面藏着一个个又大又黄的南瓜，我忽然就馋起来。今年立秋那日不在家，没能吃上南瓜烧馓子汤，很遗憾。那是每年立秋母亲都会烧的汤，南瓜入口很粉，馓子入口很滑，它们的汤喝着特别养胃，在外面很难吃到这样搭配的汤，我想念了很久。于是，我指着自己看中的那个老南瓜，让母亲将其摘下来，中午用它烧汤。

"怎么还想念这么土的菜啦？我们多摘两个，晚上做南瓜饼，那个才叫香呢！"母亲笑盈盈地摘了又老又黄的两个南瓜，让我抱回了家。我将它们洗干净了放在篮子里，乐滋滋地等着母亲中午烧汤，晚上烙饼。尽管时光让我长大，让母亲老去，我还是那个贪吃馋嘴的小孩子，她还是那个变着花样给我做美味佳肴的美人儿。

　　晚上，母亲用勺子将南瓜肉刮下来，我则帮她剥着葱果儿，切着生姜，打着下手。母亲得意地告诉我，这做南瓜饼的手艺是外婆传给她的，别人做的南瓜饼很烂，不够筋道，就是因为没有耐心地将南瓜肉刮下来。她将做南瓜饼的诀窍告诉我，就是希望我可以学到这祖传的手艺，以后做给我的孩子吃，让她也忘不掉那独特的味道。母亲说，做南瓜饼的手艺一定要传承下去，因为这是她的骄傲。

　　当加了鸡蛋、葱花、生姜、葱果的南瓜饼从油锅里捞出来时，屋子里弥漫着诱人的香味。即便是很烫，我也忍不住要先尝一口。南瓜饼在刚熟时味道最浓郁，一口下去，香甜中带着脆意，口感特别好，叫人回味无穷。我常鼓舞母亲，让她开个小吃店，南瓜饼就作为特色菜，绝对吸引顾客，而且会有许多贪恋南瓜饼味道的回头客。母亲总是摇摇头，笑着说："千金难买我为家人烙饼时的用心，当为了钱做南瓜饼时，做出来的味道就不纯正了。"

　　母亲一辈子都在乡村里生活着，吃着朴素的食物，也成为了朴素的人。她有时会感叹，没能让我像其他孩子一样，吃上美味，苦了我。但其实呀，我能如此健康地成长，全得益于母亲用这些朴素的食物养育我，让我也多了一份大地的善良和淳厚。

　　谁说朴素的食物，不是美味，朴素的人，不是美人呢？

四月里的乡野

四月，我回到村庄，拥抱自然的春天。

清晨，我在鸟儿的啁啾中醒来，睁开蒙眬的睡眼，看到的是生机盎然、万紫千红的乡野。我久居城市，很少接触这样清新自然的风景，于是，空乏的心一下子就丰盈了。

我喜欢站在枇杷树下梳头，看着那挂满枝的绿色小枇杷，微风过处，送来阵阵果香，仿佛小桥流水旁清幽的歌声似的。还记得过年时的那场大雪，纯白色的枇杷花与雪花浑然一体，置身其中，恍若进入仙境。三月的风吹落了花，四月的阳光照在鲜绿的果子上，面对一棵亭亭如盖的枇杷树，我不由得联想翩翩。

梳妆完毕，我和妈妈搬着小桌子坐在枇杷树旁吃着早饭。一碗清粥，半碟咸菜，几粒花生米，简简单单的早饭，两人吃得怡然自得。乡野里的风，温柔地抚摸着我们的脸庞，给我们带来了花草的芳香，我们品尝着春天的盛宴。我和妈妈边吃边聊着，把一寸寸的光阴绣成记忆里的锦缎。

一上午，我都在田野里行走着。阡陌交通、鸡犬相闻的乡间，有太多美好的事物。最让人迷醉的便是那金灿灿的油菜花海，满山坡地生长、盛放着，明晃晃的一大片。它们声势浩大，就像战士英勇地开疆辟土，占领了大半的田野。你走到哪里，哪里就会看到它，河边、屋前、麦田旁、榆树下……不开得轰轰烈烈不罢休，不惹你过去瞧两眼不甘心，很直接，也很纯粹。

然而有一种花，虽和油菜花一样到处都绽放着，却小心翼翼得很。那就是矮小的荠菜花，白色的花很小，开在绿色的荠菜叶间，十分不起眼。荠菜花是容易被人遗忘的，但它也有属于自己的春天，不为迷人眼，只为真正地活过一场。我蹲下身子去看它，忽然就想到了顾城的那首诗："草在结它的种子，风在摇它的叶子，我们站着，不说话，就十分美好。"

我低下头去，能看到很多花草，在春风里盈盈地笑着。天蓝色的婆婆纳，娇小嫩气地藏在绿叶间；淡紫色的泥鳅草，就像藏地的格桑花纯洁美好；橘黄色的蒲公英，这一堆那一撮地开着花；还有车前草、马蹄金、翠云草等，都在田里茂盛着呢。无论是花，还是野草，都有属于它们自己的特点，我虽不能一一识别，但每一种植物都能带给我莫大的欢喜。

在田野里转累了，我又回到自家的院子。那一树的梨花，开得实在是太好，满枝皆是，就像聚在一起谈笑风生的姑娘们，白皙皮肤里透着粉红，活泼着又娇羞着。杏花早早地谢了，现在枝头已经挂着指甲盖大小的杏子了。李子花也是，本来就很小，风一吹便掉光了，枝上只有绿色的叶子在摇晃。还是桃花比较应景，像是一团粉红色的云，映着观望的人的脸微微红。多好的院子啊，多好的果树，它们该开花的开花，该结果的结果，一切都自然有序着。

到了饭点，我压着井水洗着土豆上的泥巴，清凉的水从手缝里流过，像丝绸一般顺滑。井水是农家人的宝贝，用它洗衣、洗菜、煮饭，源源不绝。它来自于大地，也会回到大地，是城市人无法感受到的自然的馈赠。

午后的时光，我坐在板凳上看书。读的是月山行主编的《静默如谜的生活》，他采写了安妮宝贝、余秀华和苏白，通过他们的生活和人生态度，来告诉我们芸芸众生，总有小众、独特和坚守内心的人。他们在寺庙里修行，在乡村中读诗，远离城市的繁华，与自己和解，与自然相拥。我读着文字，一点点走进了他们的世界。

我欢愉地坐在微风中，手中有书，身前有花，抬头可以看见蓝天，低头就能看到小狗在摇尾巴。这样的日子，不用焦急地去想方案，不用慌张地挤地铁，不用看着头疼的数据，不用听着无聊的会议，身心皆是自由的，放松的。

余秀华说，她不需要朋友，只要一个干净的院子可以读诗，那就足够了。成名之后的她，并未离开村庄，因为在那里，她是自由的。庆山说，这个时代科技发达，它对我们的包裹和捆绑过于紧密了。要保持一定程度的出离。我很认同她们的看法，一个人在乡野里读书、写字、赏花，修身养性，度自己的春光，实在是顶好的生活方式。

如果在城市的喧嚣中疲惫了，就回到乡野吧。在四月，过一段远离浮躁的村居时光，让自己的心平和些，从万物生长中得到一些真谛。这个世界不会为你也不会为任何人而改变，唯一可以改变的是我们自己的心。只有自己的心得到了治愈，变得丰盈起来，我们的周遭才会默默改变。这是自然给我的一些领悟，让我庆幸自己回到了村庄。

如此的乡野，美得让人痴迷。如此的日子，如诗如画。朋友，你是否也想来此过春天呢？

老屋和你

  清风吹拂着垂下的发丝，我一张张翻看着相册里的照片，看见老屋时，很想再把岁月走一遍。在这个有阳光，有秋风的午后，想念老屋，想念你。

  四月里的老屋，还有着明媚耀眼的油菜花在一旁，尽管颓败，尽管荒凉，但借着花的明亮，它似乎也与春天拥抱着。我会在每个清明节归来，会去看睡在老屋旁边那片麦田里的你，焚香叩拜，然后揪出深藏的所有记忆，所有有关你的点滴。

  总是觉得岁月很无情，你在时我还年幼得很，不谙世事地奔跑在田野。转瞬间，你已然离开了十五年，站在麦田里的我装着一肚子心事，无处悼念。所有的往事，都被时光摩擦得差不多了，一切变得模糊。

  渐渐地，我记不起你的脸，记不起你的身影，总会在看见老屋的时候，陷入淡忘你的自责里。你说春光是那么好，麦田是那么绿，油菜花是那么灿烂，怎么无法与你同赏了呢？小时候的我，是不是时常在花海里捉着蝴蝶，你乐呵呵地提着水浇灌着菜圃呢？你养的鸡鸭悠闲地在屋子旁散步，抽出新叶的柿子树上停落着叽喳的麻雀……

回忆的时间长了，我就开始分辨不清哪些是真的，哪些是虚构的了。但是没人打理的屋子，你走之后没人再住的屋子，它老得那么快、那么明显，同时那么真实。盖满茅草的屋顶，早被来去的鸟衔得差不多了，屋梁也不是结实的橡木了，用"断壁残垣"形容它再恰当不过了。

相册里照片的时间往前移，那是十二月份去看老屋拍的照片。散落的砖头横七竖八，屋前只有一两颗卖不出去的白菜，还泛着绿意，但也孤单至极。那口老井一直没有人动过，早些年还有村民打过水浇灌过庄稼，自打看见井水里游动的蛇后，便无人问津了。

听外婆说，当初你打这口井费了好多努力，在没有自来水的日子里，全家都靠着水井生活。如今它的旁边，没有夏天我们一起坐着吃西瓜的场景，也没有冬雪降临时我们盖着井盖喝茶的场景了。它明明存在着，但被人们忘得一干二净，你会不会觉得可惜呢？

与老屋一起相伴的，除了那口水井，还有屋后那几棵银杏树。你看冬季里，它们高高瘦瘦的多么干净，只有枝干，再无茂叶。它们长在那儿好多年了，在我出生前就存在着。年复一年，我总觉得近几年它们好像停止了生命，不再长高，但它们依旧在守护着老屋，应该也在怀念你吧。

冬天里的田野寒冷、旷远，地干得要裂开，一个人站着，去看、去听、去触摸，感受到的除去凛冽，竟有你从远久时光里传来的丝丝温暖。尽管很多事情都记不起了，但幼时和你和外婆一起睡时，冰冷的脚总被你捂在胳肢窝里的情景，一直记忆犹新。我会在睡梦中感受到你为我塞被角的温柔，当我再醒来时，看到的是你端着外婆煮的热乎乎的蛋汤。

仅存的片段，如冬日里涌出的温泉，让我更加思念你了。于是，我偏爱站在老屋前，听冬风呼啸，暗自吟着"原来姹紫嫣红开遍，似这般都付与断井颓垣"，再默默回去。也曾在想，这老屋既然已成那般模样，迟早都会拆了吧，那时又该站在何处去想你呢？多年后，我领着孩子过来时，都无处可以指给他看，说："那是我外公住的屋子，那里有我被疼爱的童年呢！"

手机里的照片很多，删来删去，还是不舍得删去有老屋的照片。甚至连拍照的日期都想保留着，是真的害怕失去，因为已经失去了很多。如果以前也有手机该多好，如果能够有我们的合影，该多好啊！我常常看着手机里的相册，那般想着，那般想着。

也许清风知道，我从来没有写过你，因为怕写出孤坟，怕写出落寞，怕文字像黑暗里长满触角的虫。还好，今日的阳光很暖，最先看到的是四月里的老屋，有成簇的油菜花。还好，我已经学会去珍惜身边所有，好好生活。

所以，老屋和你，幻化成我岁月里的蝶，此刻飞舞。

清明祭

人间最美四月天，一曲相思清明祭。

每年的清明节，不管回家的路途是否遥远，我都会回到故乡。许是因为母亲当时的那句"无论你在外多远，别忘了清明和过年回来看看。"我想我是多么传统的一个女子，对于祭祀、扫墓、跪拜之类的仪式和俗礼总是难以草草了事、无动于衷。

我是在一个艳阳天里回来的，乡野大片大片的油菜花黄得太耀眼，光线太强烈，我一路擦着眼泪又怀着迫切的心情，回到了那有一树树梨花开的家。在外或许有太多的压抑，回到家就像回到草原的野马，随着性子在鸟语花香的田野里撒着欢，那有着青青草味的空气大量地涌进鼻腔、肺里。人间最美的四月，在家乡才能感受到，那般舒宜的风，那般缓缓的水。

"清明时节雨纷纷"，归来日的晴好天经过一晚便变成了昏暗的阴天，雨没有落下来，但总觉得雨一定会落下来。清明，怎么就没有个清澈澄明的天空展现在我们面前呢？于是，浅浅的哀思就如同蓄水的云朵，从准备祭祀的食物开始酝酿，到对着满桌的祭祀品一跪四拜的盈满，最后看着熊熊燃烧的纸钱化作灰烬，终无他物盛放而借着烟灼人眼而泪顺着脸颊滴落在泥土里，应该被已故亲人捧在手心了吧。

清明不同于其他祭祀节日，增加了去各个先人坟头挂红符、烧纸钱、逐一跪拜的仪式。母亲每年都会嘀咕着"这是让子孙后代认祖的啊，不忘先人的墓，不丢家族的根。"我很小的时候，每到一个长满荒草的坟头就问："这是谁睡在里面啊？"而今，我会拍着侄子的肩膀，告诉他这是我的爷爷他的姥爷睡的地方，那是我的姥爷他的姥姥爷……电视上有家族祠堂、公墓的出现更是给后代人提供了便利，而乡村里还保留着青山绿水间，新坟旧坟四处零落，子孙需凭着记忆找寻的方式。因而，还知道上上辈的祖宗安眠在哪一方水土的子孙，一定是像我像侄子这样，从小随着大人们一起在清明时去看望过已故之人。

每年母亲会用红网袋装许多折好的金元宝，一位祖宗一个网袋，到今年已经二十来个了。黄纸、宝钞、银宝都是要备的，很早之前还会有一壶酒、一束香、一把雏菊，但近些年都未有准备。自打爷爷去世后，我在家会接手剪红符的活儿，拿着一张大红纸对折剪出可以随风飘荡的红符。爷爷在世的时候都是我拿着红纸跑去找他剪的，图案对称的美如今只能留在记忆里了。我无论怎么回忆爷爷剪红符的情景，剪出来的符都觉得蹩脚，那些年终究只是一旁看着爷爷熟练地用着剪刀，听着他说"清明过后谁的坟上插着的红符多，说明谁的子孙多，去看望的人多，那么下面的人会幸福，也会更加保佑在世的人平安"罢了，想学手艺时，爷爷已经离开了。

今年回来时，母亲在买红纸的时候便请人剪好了，比我剪的好，但比不上爷爷的。我们一家拎着网袋、红符去往田间的爷爷和爷爷父母的坟的时候，发现亲戚已经烧完纸了，原本这该是一个家族性的活动，奈何伯伯们未等我们已经用铁锹挖了一碗新土，插上了红符，祭拜过了。

同根生的叔伯们没有一起看望爷爷，想必爷爷也会忧心家人因恩怨不和吧。"祭之丰不如养之薄"，跪拜时我心中想：父母在世的时候，多孝顺一些，多体谅一些，日后才不会每一个叩首都心有愧疚啊。去世的人会牵挂活着的人吗？他们会看着后代各自走着各自的路吗？能够听到每一个叩拜人心中默念的那些祝愿和烦恼吗？我希望他们可以。

　　乡间的路很窄小，泥土里有磕绊脚的石头，高低不等，我走得很小心。路一旁是绿油油的麦田，而外公的墓就在那片麦田里。外公是在我九岁的时候离世的，他在离他和外婆一起居住的老屋最近的那片麦田里睡了十五年，麦子收了种稻子，稻子收了种麦子，周而复始，一年又一年。我一步一步走近麦田，舅舅们烧过的纸钱的残痕还在，那几根随风飘着的红符在绿色麦子中十分显眼，我总觉得难受，总想长叹一口气。因为时间越久，外公的容貌越模糊，我怕自己再过几年来到他的坟前，彻底记不起他举着我时冲我笑的脸。

　　母亲倒是云淡风轻地说着"坟上的青草总是被我们烧的纸给烧焦了"，外公最初离开的那几年，母亲总会半夜想起他，泪流满面。时间是让人猝不及防的东西，这些年过去了，母亲从容了，大大小小的祭祀都会带着外公的那一份，外公的生日也不忘烧纸，但母亲跪在麦田里时，不再想起失去外公的苦楚和悲痛了，眼泪成了祝他在另一个世界安好和告诉他自己活得也好不用担心的淡笑了。外公看见母亲领着我来看望他，哀而不伤，逢年过节不忘他，自己的生活有模有样，应该会露出欣慰的笑容吧。

　　很多座坟，我记得位置在哪儿，却根本不知道那里面睡着的人是什么模样。因为我们的辈分差很多，他们离世的时候我还未出生。即便是这样，我还是愿意找寻到他们的坟，恭敬地双膝跪地，起身时不掸走膝盖上的泥灰。我们是代代相传下来的，没有他们就没有爷爷那辈，自然没有父亲那辈，也就没有我，感情虽然没有很深，但我心怀感恩。他们有些人还有一些艰苦故事流传下来，虽然不一定真实，但我想接受那样的故事，以便看见那座坟时会想起他的曾经。追寻的并非是科学上的血亲，而是心中想要信仰的传承。没有谁会告诉我什么是必须遵守的根本，只是我心中隐约知道很多人为了我所生活的这个世界，铺过很多的路，我未见过他们的面孔，只看过那有野草有野花的一座座坟。

扫完墓回家时，雨点落了下来。果真是潇潇暮雨清明时，昏暗的时分连那耀眼的油菜花都暗了下去，望着梨花也是想着"梨花带雨"这样的词语，心境是与归来日全然不同了吧。我双手合十，愿清明过后会出现一个"清明"的好日子吧，无论在哪个世界，我们有思念，也有深深的祝福，彼此安好便好。

四月浪漫的一天

  清晨八点钟的我是从阵阵鸟鸣声中醒来的，我睁开惺忪的睡眼，伸足一个懒腰站到窗户前。三两只麻雀在阳台上跳跃着，蓝砖上映着它们灰褐色的羽毛。一推开窗，麻雀便"扑棱"飞走，落在那一树的梨花上，梨花被抖落了几瓣儿，缓缓落在了地上，地上是青青的草在微微摇晃。

  我拿着木梳从上至下梳理着头发，母亲微笑着用印有青花的瓷碗盛了两碗粥，桌子上还摆放着一盘葱花炒的白豆腐，一碗母亲亲手腌制的白菜。"来，闺女，尝尝你妈的手艺。"我欢快地将齐腰的长发束起来，满心喜悦地享用母亲为我准备的这清淡如常的早餐。

  和母亲边吃边聊着家常事，在城市里从来没有哪顿早餐可以吃得如此悠闲自在，可以吃得如此身心畅快，不禁想起苏轼的一阕词"细雨斜风作晓寒，淡烟疏柳媚晴滩。入淮清洛渐漫漫。雪沫乳花浮午盏，蓼茸蒿笋试春盘。人间有味是清欢。"我虽没有在南山里喝着浮着雪沫乳花的小酒，也未配着春日山野里的蓼菜、茼蒿、新笋以及野草的嫩芽，但一样是享受着那平凡的清欢，欢喜着人间独有的滋味。

饭后我用水井压出来的水清洗碗筷，水从三丈深的井底顺着管口流出来。我轻捧着井水，它们带着泥土的味道，温温地淌在手心里。我还是喜欢之前用水桶打水的时候，井口没有像如今用水泥封住，那时是敞开的，水桶落入井中会荡开圈圈波纹，倒映着的蓝天白云也会明暗隐现着。我会望着水桶沉入水中，然后用力将其拉上来，水会晃荡着泼出一地，迅速渗入泥土里。记得那时候，奶奶家养着一只小黄猫，胆子非常大，时常绕着井沿走着，母亲每每看到它在井边都会驱赶，生怕它掉落井中。我和母亲不同，我从不惊扰它，就喜看着它悠闲自得地在井沿上走着，尾巴一上一下摆动着，就如同欣赏芭蕾舞者的演出一般。我细细地洗着碗，想象着那只猫就趴在井沿上，井水倒映着它晃动的尾巴，这世间能够不让人忧的时光应该就是如此了吧。

洗净手，我漫步在乡村的田野中。今日的阳光很好，不是夏日的强烈，也不是冬日的羸弱，手心朝上会有种阳光轻扑的感觉，如同有孩子嫩嫩的脸在蹭着皮肤。我望着满眼黄灿灿的油菜花，有一两只飞鸟从花中飞起，于是花海便以鸟儿起飞处为中心向四处荡开，一波又一波地将不浓不妖的油菜花香送到了我鼻前。那是多么令人喜悦的味道，没有硝烟、没有化工产品、没有乌烟瘴气，就是很单纯很舒服的味道，你只需站在那片花海前便可自然显露出梨花般的笑窝。我想这便是"山中何所有？岭上多白云，只可自怡悦，不堪持赠君"中所说的心境吧。我在这乡野中享受着视觉、嗅觉上的美好，远离了污浊滔滔的城市，无法把这样的春天也送给你，只盼你能来。

"陌上花开，可缓缓归矣。"我蹲下身去看那些细小的花儿，有小而精致的黄色蒲公英的花朵儿，有遍地开放的白色野荠菜花，有将心事都蓄在花心中的紫云英花，还有如星星般散落在绿叶中的蓝色婆婆纳……我反复轻吟着"陌上花开，可缓缓归矣"，吴越王钱镠是不是看见这些可人的春花才思念自己的妻子，于是写下了这么动人的情话？若是有人看见路上的花烂漫地开着，手写一封信唤我归来同赏，那我定是满心雀跃地放下繁琐之事，与他共度这春天才有的浪漫时光。

乡野里的时光十分缓慢，我沿着小路看遍了一处处的风景，不知不觉已到中午。回到家中淘米、洗菜、煮食，很惬意也很真实寻常，生活就是柴米油盐，只是有人觉得是生活的困顿，有人却觉得是生活的自在。母亲说耕种虽然辛苦，但春耕秋收一年一季度地忙碌，会在看着作物成熟的时候心生满足，每日打理田间的农作物，闲时在饭后捧着茶杯喝喝茶，那就是庄稼人的幸福了。听母亲说这话时，我正倾着头看着母亲望着家门口的蚕豆花，轻酌了一口茶。

歇息间，奶奶从家中抱了一床的棉被过来："丫头，我年纪大了，被套也没有本事套了，你帮帮我。"那是大红大绿的被套，是奶奶喜欢的图案，我接过的时候还能感受到阳光的温暖，奶奶定是上午晒过了。我捏住被角，将棉被塞进被套中，站在板凳上用力一甩，很快被子就服帖地躺在被套中，我将其折叠好放在了奶奶床上。奶奶用手摸着那床被子，满是皱纹的脸上笑成了一朵花："谢谢你啊，我的乖乖……"我知道许多对于我们来说很轻松容易的事情，对老人来讲其实很不容易，而我们帮的理所当然的忙，也会被她们千恩万谢。我时常觉得接受她们的道谢没有什么不好，正如我对她们提出的帮忙从不会犹豫一样，都是顺应情理的事情，不过分亲昵，不过分见外，那才是刚刚好。

傍晚有朋友问我一天都干了什么，在家有没有浪费时间？我细想，从早到晚我似乎没有做什么很明确的事情，没有用时间法则去完成一些计划表上的事情，没有赚钱没有上课提升自己，可是时间是被我浪费了吗？我倒不这么认为，于我来说，或者赏花，或者散步，或者喝茶，或者仅仅是深呼吸，把一天或者半天都用来做这些事，把自己融入，放下过去的执念，我便是幸福和欢乐的。

满满当当的安排，那些因与同龄人比较而有的目标，分秒必争的日子，久了怎么会不疲惫呢？身边的景色和相处的亲人朋友，我们还会有时间去欣赏和顾及吗？如果自己的心都累了，那怕是没有精力去给别人一个明媚而温暖的笑容了。

春华难得，夏叶难得，秋实难得，生命的每一天都很难得，要是忙到看不见春夏秋冬，还谈什么难得呢？我这在别人眼里浪费掉的一天，在我眼里却是难得浪漫的一天，可以拥抱了那样自然纯美的春天，可以与母亲享受人间独有的欢愉，可以与世界无坏无杂地相处，怎么会不觉日日是好日呢？

我想我愿意"浪费"一些时光，只为能够和珍惜的人，值得的景色，一起浪漫。

六月的村庄

六月的村庄，热情、饱满、大汗淋漓、色彩斑斓，坦荡如君子，妩媚胜娇女。

当火车从城市的轨道开往乡村，我眼里的高楼大厦逐渐变成了一望无际的田野，绿一片、黄一片、泛着金光的又是一片。我知道，那些颜色是大自然的颜色，葱茏的树木肆意泼洒着绿，成熟的小麦献出了自己所有的黄，阳光照耀在湖面金光闪闪。那是多美的一幅乡村之画呀！

还未走近村庄，我的心已经雀跃起来。坐在摇摇晃晃的大巴上，我把窗外的风景尽收眼底，不觉得路途劳累，不觉得天热疲惫，只有车驶向希望的田野的欢喜。同行的女友，她笑着问我："是不是身心放松了？感觉被治愈？"我像个小孩子般点点头，朝着路边的树木挥手，仿佛它们能知道我在打招呼。

各个地方的村庄，虽有着相似之处，亦有其独特之处。我的老家，房屋一排排，田地被瓜分成豆腐块，整齐划一，家家户户种的农作物都相差不多。但是女友的老家，房屋错落有致，水田、旱地、树林并没有明显的界限，似乎更随村民自己的心意，想种啥种啥，想养啥养啥。女友笑说，村庄给了她充分的自由，从不受拘束，天性如风随心而动。

真好，真好哇。我情不自禁地感叹着。我一路看，一路听女友讲发生在村庄里的故事。这一处的休闲山庄是政府投资建的，许多有钱人来来往往；那边的鱼塘原打算养黑鱼的，后来养了些龙虾；再远点的那个厂，是纺织厂，许多村民去干活……村民的生活很丰富，日出而作，日落而息，亲近自然，也有着现代化的发展。这是一个真实的村庄啊！

放眼望去，村民们戴着凉帽在干活儿，或是翻耕收完麦子的田；或是拔着割完油菜后埋在地里的油菜秆；或是打理着那一架架的瓜藤果蔬……总之，各自在忙着，热乎乎地忙着，高高兴兴地忙着，播种、耕耘和收获，一年四季，他们把一生都献给了土地，多么坦荡，多么充实和美满。

在太阳很火热的下午两点左右，我们到达了目的地，双脚踏上乡村的土地，熟悉的麦香扑面而来。女友的爸妈站在路口，热情地朝我挥手，褐黄色的脸上洋溢着牡丹花般的笑容，亲切又踏实。他们淳朴、憨厚，身上有着大地的气息，不叫人生分。

到达女友的家，首先看到的是一条摇着尾巴的小狗，它朝我们跑来，在我们脚边又蹦又跳。我蹲下身子去逗它，它反而跑开了，似乎要人追着它跑一段。女友的妈妈笑盈盈地招呼我："别理它，它就喜欢有人陪着瞎玩，来，进屋吃饭，肯定饿坏了……"青翠翠的黄瓜，韭菜炒的河鲜，油炸的小虾，木耳鸭肉汤等，十分丰盛，勾起了我的食欲。农家人的热情好客，从那一桌的美味便可看出来呢。有时候呀，这些寻常的农家菜比鲍鱼燕窝来得更珍贵呢！

饭后，我站在阳台上眺望远方，灌满水的稻田上立着白鹭，水牛依着杨柳树打盹儿，河边的芦苇随着风晃动着……一切都很安详，让人平和，望久了便生出了"归隐"的心，浮躁社会哪里有这样的安静和淡泊呢？

  傍晚，我沿着乡间的路随意走着，碰见了欢喜的事物便拿出手机拍照记录着。于是乎，相册里多了那青翠欲滴的李子，多了那鲜红诱人的番茄，多了那藏在树叶间羞答答的青桔。还有什么呢？那低低飞着的白蝴蝶，扑着蝴蝶的小花猫；时而停落在枇杷树上啄食，时而振翅而飞的白头翁；奔跑着的大狗，面对着悠悠流淌的河水停下来凝望；红色瓦房上的烟囱袅袅升起的炊烟……多彩、生动的画面，它们蹦跳着跑进了我的眼里，住进了我的心里。

  走着走着，天色渐暗，余热随着月亮东升也慢慢散去，村庄的夜晚来临了。忙碌一天的村民们，悠闲地吃过晚饭，一家子坐在庭院里纳凉。我一抬头，望见的是挂在树枝头的一轮弦月，稀稀疏疏的星星点缀着夜空，耳边是晚风送来的此起彼伏的蛙声，偶尔响起的犬吠，各种虫鸣仿佛在演奏着一首交响曲……大家闲谈着村庄里发生的趣事，时间如水缓缓流淌着。这样的田园时光让人陶醉，让人啊，就想一辈子这么幸福地过下去。

  入梦前，忽想起辛弃疾的一首诗："鸡鸭成群晚不收，桑麻长过屋山头。有何不可吾方羡，要底都无饱便休。"人世间太拥挤，只求老去之时，能在村庄拥有自己的一方小天地，名利钱财都不要，只要一颗自由淡然的心。用简单细致的人生态度，让奔波不安的灵魂得到诗意的栖居，便是此生的圆满了。

七月的雨

七月的雨,迅猛、果断、豪爽、坦荡,毫不畏惧。

我安静地写着字,忽然就听到"啪啪"的雨声砸在窗户上,那气势像万千军马过沙场,足够让起身关窗的我感到震撼。春日里的雨,如牛毛、如细丝,金贵得像贵府里的千金。但七月的雨,以其瓢泼而落的气势,只会让你想到奋勇杀敌的战士。

天空因为下雨而灰暗得很,明明才下午两三点,却是晚上六七点的光景。这时的我,怎么也看不进去书,写不了字,脑海里倒是想到智利诗人写的"暴雨之下一片暗淡,房子,泊在空泛的海面"。是吧,它是要下成海了吧,要淹没大地上的树、还有那些在扑腾飞着的雀儿吧。

我看着街道上的行人,用手挡着头,奔跑着、叫喊着,以最快的速度钻进最近的店里躲雨。母亲说,人是跑不过夏日的雨的,哪怕是看到乌云聚集或听到隐隐的雷声就开始躲避,还是会被雨点砸到。七月的雨,它就是这么迅速地到来,神奇着呢。

在乡下,这样急匆匆到来的雨,很有趣。在七月里,玉米会长得比人还高，叶子绿得发黑。当雨来时，整个玉米地会似一个合唱团，奏出高低中音来。幼时的我，会特认真地站在田间，分辨玉米叶上的雨声和玉米秆上的雨声有何不同，蛙声又是从哪处的玉米根传来？雨落在蜘蛛网上，怎么就没有砸坏它呢？

母亲若是看到我在玉米地里淋雨，会大吼着让我回到屋里。她佯装生气地质问我，为何傻傻地站在雨里不跑？我便眨眨眼，用手擦去脸上的雨水，反问她："你不是说夏天的雨是可以祛病的吗？多淋淋好的吗？"母亲又气又笑，递了毛巾给我，便不再说话了。

我没有告诉她，我喜欢这样的雨，雨中的田野，田野里草木生长的情景。夏日里的热，总是会让狗尾巴草耷拉下来，会让盘在篱笆上的丝瓜藤、豇豆藤、扁豆藤没有生气，会让水稻田里稻秧黄黄的如病了般。这样的夏日，让人感到无力，容易泄气。

可是一场雨的到来，立刻让它们重焕生机，精神倍好。摇头晃脑的草儿，载歌载舞的藤蔓，如鱼得水的秧苗，它们将内心的欢喜也一并传给了我。雨水带来了滋润，也带来了干净和凉爽，世界在我眼里变得生动有色。

迅猛而来的雨，倒是给忙碌的人带来了难得闲适的时光。因为雨下得大而无法去田间劳作的母亲，会搬出一筛子的花生来剥，红色的花生米从花生壳里滚落出来，我便知道晚上会有一盘炒得香喷喷的花生米了。母亲总是会利用雨天，做一些平日没空做的事情，除了剥花生米、捡黄豆，还会包饺子、烙南瓜饼等。再急再大的雨，对于母亲来说，都是用来享受生活的一个时机，可将想做的事情慢慢地做。

窗外的雨依旧是很大，我仿佛置身在花果山的水帘洞里。不知道它要下多久，也不知道没带伞的自己要何时出去，但内心其实是不着急也不担忧的，想着就让它那么下吧，那么下吧。

城市里的雨，虽不及乡间那么有趣，可也足够让浮躁的心得以安静下来。那些争名夺利，那些急于求成，那些违背初心的事情，在这场雨里被看得清清楚楚。幼时看着蜗牛在雨里慢慢爬的少年，他在朝着我笑，笑容天真又干净。

于是，我在七月的这场雨中，重回了童年，回到了乡间，回到了母亲的身旁，做了那个满眼都是生趣的少年。

雨还在下，我还站在窗边，思绪依旧在漫无目的地飘走……

临行杂记

窗外的阳光柔和又温暖,照着家门口那半黄半绿的橘柚树。年前,我携着一身尘土归来时,树上还挂着稀稀朗朗的几只橘柚,那是妈妈特意留着的。只是它们经了秋霜便不再有艳丽的光泽,再受到了冬日的严寒,更是衰败,被冻得发软。妈妈留着,只是留给我看看罢了。

我把家中的衣物细细收拾好,明儿便要离开家了,后天的元宵节自然无法在家和爸妈一起度过。中午吃饭的时候,妈妈炸了春卷、煮了猪肚汤,还热了香喷喷的菜肉饭,嘴里一直念叨着要我多吃点,这一走又要隔好久才回来。每次我临走前的几顿,总是吃得特别好,妈妈说这样我才会想家,当吃不惯外面的东西时就会想念家里熟悉的味道,便会回来看看了。瞧她忙上忙下忙了半天,每样菜不吃上几口,不夸上几口,真对不起她这番心思。"慈母手中线,游子身上衣。临行密密缝,意恐迟迟归。"对要出门的孩子,每位母亲都舍不得,用自己的方式宝贝着。

离开的时间是第二天的早晨,这让今天下午的时光变得格外珍贵。妈妈吃完饭去亲戚家帮忙了,让我想干点啥就干点啥。打心眼里说,家是个让我迷恋的地方，在家里闲着的时候不知道干些什么，可是没干些什么也不觉得在家的时间漫长。我在家门口转了转，看了看，不知不觉太阳就把我的身影拉长，可我还没把家里的风物看够。

你看井旁边的那棵枇杷树，上面好几只麻雀在枝间跳跃着，"叽叽喳喳"叫个不停，很是欢悦。它们似乎也在为满树的枇杷花开心着，瞧那花锦簇着，这一处那一处的，它们夏天该有多少甜甜的枇杷吃呀！那些枇杷花倒是应了白居易的那首诗"火树风来翻绛焰，琼枝日出晒红纱。回看桃李都无色，映得芙蓉不是花"呢！其实这棵枇杷树的到来也是多亏了飞鸟，不知道是哪只鸟吃完别人家的枇杷后把枇杷核儿给扔下的，妈妈在除蚕豆间的杂草时，偶然看见了长出来的小苗，便留了下来。没过一两年，枇杷树就开始开花结果了，又大又甜，每次看见我吃枇杷开心的样子，妈妈就得意地说："这树留着真不赖，不枉费我修整树枝，打除虫药水，每颗枇杷都很甜。"

看来我上学的时候，妈妈对它的培育还真没少花心思呢！只是近两年枇杷能吃的时节，我总是在外面，只能在电话里听到了妈妈描述满树的枇杷多好多甜，她一个人在家吃不完，不是送给了邻居家的小孩就是任由来往的鸟儿叼啄，想要学做枇杷罐头给我吃，几次都没成功。这次回来，妈妈还可惜我没有吃上呢。

不过去年国庆回来，妈妈留着的柿子我倒是吃了两个，也是甜滋滋的。柿子树就在枇杷树旁边，最初的时候是两棵柿子树，但为了枇杷树可以长得更自由些，将紧挨着枇杷树的那棵柿子树砍掉了，仅留下一棵。"好事柿红萱草，长伴朱颜绿发，荣贵更谁知。"我家的这棵柿子树已经长了二十多年了，它的身上有我的童年记忆。

在我七八岁的时候，屋后有一片柿子林。每逢柿子红了的时候，我们一群孩子欢喜地帮着大人采摘，边采边吃，互相嬉闹着。青涩的柿子没人会吃，不过发黄的柿子可以采下来放家里捂着，过两天便熟了，也有人把它们切了放在太阳下晒，做成柿饼，撒上糖粉，口味也是很好。最好吃的当然是在树上自然熟的红柿子了。在晚霞的映照下，柿子林就是红透的半边天，我撕开柿子皮咬上一口，连晚饭都不想吃了。那些在柿子林里玩耍的日子历历在目，可惜后来由于种种原因，我们这儿大片的柿子林被砍伐，我家最后只留下了两棵柿子树，孤独地在门前长着。我望着那棵柿子树，就想到屋后的柿子林，就想到了我的童年，回不去的岁月。

和柿子树一同被留下的还有旁边的两棵梨树。以前柿子林里有四棵梨树，两两间有些距离，我和堂弟便喜欢在树间绑麻绳，然后荡秋千。"巧解逢人笑，还能乱蝶飞"，一荡秋千梨花纷落恰似冬雪又如山蝶，梨花树下我们的笑声一串又一串，荡得越高笑声越远。由于我名字里有一个"茜"字，小时候我觉得西边的那棵梨树结的梨子比东边的甜，便悄悄地用刀子在梨树上刻了一个"西"字，没告诉过别人。当初决定四棵树留哪两棵的时候，我一个劲儿地夸它结的果又大又甜，其实藏着我这样一个小秘密。前两年，我还特地寻树上的那个"西"字，还在。只是手抚摸上去，就如皲裂的皮肤粗糙得刺手，今天再看那树皮，字已经模糊不清，从上到下的裂纹比当年的刀口子不知道深几分，谁说岁月无痕？

"人面不知何处去，桃花依旧笑春风。"眼前的这棵桃树长了有三四年。第一年看见桃花开的时候，我别提多开心，恨不得整天都待在桃树下，眼巴巴地等着桃花变成桃子。桃树和梨树是挨着的，我站在中间，风一吹，左肩上落的是白色的花，右肩上落的是粉红色的花，一转圈我就在花海里，那情景堪比仙女下凡的场面呀，十分满足了我的少女心。只是桃花的花期很短，一场春雨一场残，我家的桃花总是熬不过急煞煞的雨，我看着零落了一地的花，总会难过一阵子。

第一年树上只结了一个桃子，我、妈妈和外婆三个人一起吃的，大家都说很甜，是否真的甜呢？现在也不记得了，但记得当时我们心里很甜。第二年结了三个，地上掉了一个，被鸟啄了一个，完整的就只剩一个了。后来树上的桃子越结越多，但我却没有时间经常回家看看了。在外的我，和妈妈讲电话会关心桃树开的花多不多，结的桃子甜不甜，了解它的情况，仿佛自己并没有离开家。有时候，看十里桃花，不如春风当年人依旧啊。

再往前走，看到的是纤细的杏子树，杏子酸，难结果，可妈妈还是留着。一是稀奇杏子树能不能存活下来，二是想给我个惊喜。我打小就爱种这些花草树木，妈妈十分懂我。或许是因为不懂如何栽培，这棵杏树从没开过花，也没结过果。妈妈比我乐观，今年不见花开就期盼着明年花开，明年不见花开就期盼着后年花开，它活着就可以一直期盼着花开。

我有些佩服妈妈的好心态，也许真如她所说，长着长着，某一年就开花结果了呢？其实把它和路边的扇叶葵一样当作风景来看也不错，小小的扇叶葵这几年长得真旺盛，早就比我高许多了。外婆常常会在夏天将其叶子剪下来，把边缘的部分剪去，做成扇子摇啊摇。我看着高大的扇叶葵，不禁感慨：树木悄然长大，我已漂泊在外多年。

若不是晚风已起，我还会再和家中的树木多待会儿。只有把这些风物好好看一遍，把岁月重温一遍，才能明白"风一更，雪一更，聒碎乡心梦不成，故园无此声"啊。童年的时光一去不复返，长大的我，在思念家乡的日子里，一声声轻叹。

家里的一草一木都是我恋家的理由，家里的亲人更是我不变的牵挂。我相信草木皆有情，妈妈细心照料着它们，让其茁壮成长。我不在家的日子，它们会守护着家人，不让家门口空荒荒的，不让独自在家的妈妈寂寞。

元宵节不和家人一起过也没关系，花树风中常伴，我梦醒之处家人平安，那便是足够令人欣慰的一件事了。

第二辑　被爱是一种幸福

我们仨

去地铁站接父亲时，天上的云被夕阳晕染得分外好看，如锦绣绸缎一般，让我驻足观望许久。

父亲就是在那样的云彩下出现的，他一手拖着一只蛇皮袋，一手拎着一个纸盒子，在人头攒动的地铁口张望着。我朝他挥手，他却未能看见我。我走到他面前，他忽然惊了一下："哦，你在这儿啊。"看着他笨拙的模样，我不禁笑着打趣道："你家姑娘站你面前，你还要愣神啊？"父亲不接话，单单就是憨憨笑着。

我带着父亲往我的住处走，问他怎么带了一袋子的东西。"还不是你妈，担心你这边没吃的，带了大米、茄子、丝瓜、青椒、土豆、梨、葡萄……她恨不得把家里有的所有东西都带给你，我不带她可是要生气的。"父亲像小孩子一样抱怨着，我看在眼里，只觉他很可爱。

半路上，我停下来要给他买点水，想着坐了那么久的车来看我一定口渴了。父亲拦住我，指了指他袋子里的保温杯："你给的保温杯，多实用，我一直带着呢，不渴，别费钱。"我望着那只保温杯，漆掉得一塌糊涂，杯身上有好几处磕撞留下的痕迹。杯子是四年前买的了，父亲却依旧宝贝着，不愿换。

一路上，父亲说着家中的农事。玉米棒子从田间收回场上，已经打成了玉米粒，田里的玉米秆儿也打碎混在泥里，秋耕的事情忙得差不多了。父亲将家里的重活儿干完了才走的，母亲也只需除除草，整整地，适时种下白菜种子便可。我知道，父亲回去的一周，正是家中最忙的时候，他承担了大部分的农活儿，肯定十分辛苦。

但是父亲不说苦，只说村里种瓜人送的西瓜特别甜，水分足。在田里热得两眼昏花的时候，他接过母亲送去的西瓜，大口大口地吃着，舒服极了。我听着，完全能够想象到父亲在玉米地里吃西瓜的情景，因为早前父亲在外打工不回家的时候，我常常会送水、送瓜给田里的母亲，大汗淋漓的人儿吃块瓜的幸福，是可以看得见的。他们脸上呈现的满足，是空调房里看着电视吃着雪糕的年轻人无法体会的。

到了住处，父亲将蛇皮袋子打开，一一将家中的果蔬拿了出来。或许真的是隔了许久没有回家，印象里拇指大小的梨，如今都如拳头大了。那些青涩的葡萄，也着上了紫色的衣装，看着有几分诱人。母亲一直念我回去，说再不回的话，瓜果都留不住了。我常对她说，不要留，自己吃，若是因为想留给我让瓜果坏了，那不是浪费了吗？可母亲啊，她还是执意留着，不然这次怎么还有那么多的水果可以让父亲带来呢！

我知道父亲去工地也要自己烧煮，便每一样果蔬都和父亲分。父亲不要，他说他不爱吃茄子、青椒太辣、葡萄吃起来麻烦……他只愿意带走一些毛豆，因为担心我剥起来太麻烦了。我只好借口说自己短时间吃不完那些蔬菜，坏了可惜，父亲才肯带走了一部分。

晚上，母亲打电话过来，问父亲是否将东西都带到，并盼咐我要及时吃，吃完了找个空的周末回家再带些。其实，只要有钱，哪有买不到的蔬菜水果呢？何必大老远回家，只是为了取些常见的蔬菜呢？母亲只不过是给了我一个回家的理由罢了，我想我是要回家看看她了。

母亲在电话里告诉我，其实很多东西都是父亲想要多带点给我，他总觉得我在外面吃得太少。母亲要给父亲准备一些东西，他却推辞不好带，路上麻烦等。母亲说，父亲是很喜欢吃梨的，但在家都是挑小的吃，大的一定要带给我。

有时候，我总在想，自己作为子女为什么就能得到父母给的那么多的爱呢？他们是老实本分的农民，虽没有给我一个富裕的家庭，但却给了我富足的内心世界。父亲说，是母亲恨不得将家都搬来给我。母亲说，是父亲不辞路途劳苦，千方百计想多带点东西给我。我知道，他们俩待我的心是一样的，但从不想我去感谢他们。这样无私的爱，丰盈着我的灵魂，让我倍感幸福。

有人问我，为何驻足观望天上的云彩？路上的行人很多，却没有人抬头去望那么美丽的天空，因为他们觉得那实在是太寻常了。对我而言，那云彩就如父母对我的爱，是别人眼里的普通无奇，却是我眼里的惊世美卷。

被爱的幸福

在尘世间行走，一个人很单薄，来去就像一阵风，无痕亦不长久。

但拥有爱，就不一样，爱会让一个人的人生变得饱满，丰盈又带着香气。

昨日下班归来，我从冰箱里取出母亲托弟弟送来的紫玉米，将其放入盛满水的电饭煲里，盖上锅盖，打开电源开始煮。很是寻常的一件事，却让我非常满足，并且感到幸福。

在那个夕阳很柔和，云也悠悠，风也轻轻的傍晚，我用热水冲去身上的疲惫，换了舒服的衣服，拿出一本书坐在房间里读着，玉米的糯香随风飘进房间里，逐渐浓厚。我被那阵香所萦绕着，身心皆欢喜，忍不住跑去揭开锅盖看。

为什么会有那么好看的玉米棒呢？就像生得很讨喜的小孩子，精致又玲珑，单单望着就会让人满怀期待，我情不自禁地笑着。情愿等待的时间再长一点，因为看着水一点点变紫，玉米的每一粒籽都吸收着水分，慢慢胀开，想象着它入口会给唇齿带来的沁香，真的连等待的时光都是美的。

即便是一个人在等待着,也还是会让我觉得自己是在母亲身边被宠爱着。自打记事起,家中年年都种玉米,年年都会吃上煮得好好的玉米棒。今年是第一个我没有在家帮忙收玉米的年头,没有能够替母亲分担收获时的艰辛,却享受着母亲对自己的惦念。她知道我喜欢吃玉米,也知道我不喜欢玉米上粘着的玉米须,所以带过来的玉米棒,干净又漂亮。

我想起往年在家的时候,母亲会煮满满一大铁锅的玉米棒,灶膛口的她被热得脸通红。我想替她看火,她直摇手说不用,让我洗完澡就在外面等着。要想玉米煮熟煮香,那真的是要等待很久。那时候啊,我就在厨房外吹着风,外婆摇着蒲扇,奶奶也会和我们乘着凉,聊着天。母亲会时不时出来陪我们坐会儿,告诉我们不久就能吃玉米了。

老的小的,都舒舒服服地坐在外面等着锅里散发出诱人香味的玉米,唯独母亲既要守着灶膛,又要出来陪我们,怕我们等久了饿。我以为那样的她,会是最辛苦的人了。然而,前几日母亲电话里说:"你不在家啊,你外婆又回家了,我都不想煮玉米了。毕竟没有人等着了,辛辛苦苦煮出来,也吃不出滋味。"原来啊,能够照顾老人和小孩,让她们享用自己煮熟的美味,虽说辛苦却也是莫大的幸福呢。因为她有能力去给我们爱,而我们也明白不能辜负她给的爱。

想着在家的日子,经常会让我忘了在城市里的孤单。每天经过长着梧桐树的马路,看着来往与我无关的人流,不会悲伤,但也不会快乐。没有人会在意你的一天过得好不好,没有人会关心你眼角的哀愁,没有人会为你煮熟悉的食物,也没有人会想到去爱你。这样的生活,会让我经常想家,想着被家人宠爱,想着从前不知何为孤独何为愁绪的自己。

昨晚我吃着自己满怀期待等熟的玉米,香糯糯的,有着淡淡的甜味,脑海里浮现的都是那些温暖我的人和事。以前不明白食物为什么会带给人愉悦感，如今却有些懂了。世间绝没有仅仅是食物的食物，无论是水果还是蔬菜，它们都是被阳光、雨露还有种植的人长久对待过的，被耐心洗净，被用心制作，品尝着它们，不单单是有味蕾上的享受，还会有整个人被爱着的感觉，那么心情自然是愉悦的了。

被爱着的人，自然也会去爱人。昨晚，我将锅里的玉米拿出来凉好以便下班后的室友吃时能够不烫嘴，又因久久没有等到她回来，默默将玉米放进锅里温着。太凉的玉米会少了香气，自然是不好吃的。在得知她已经在路上时，我又再次拿出来，想着那个温度会刚刚好吃。我们都是出来工作的孩子，有缘住在一起，相互照顾，那才是生活该有的模样。

我在这座城市受过委屈，有过难过，不乏无助和困惑的时光。有一日，我失魂落魄地坐在医院的食堂里，食堂老板默默端来一碗热乎乎的汤，只说了一句："看你神色不好，喝点热的暖暖身。"那时的那碗汤，何止暖我的身啊，暖的是心啊。总是会在失意的时候，被朋友发现而得到安慰，在彷徨的时候，也会有同伴鼓舞着我前行。

无论是深深的爱，还是浅浅的爱，它都会给我力量，让我努力向上成长。我的人生或许不是很精彩，但一定是很有爱。很喜欢白卉姐给我的留言，她说："有事做，有人爱，有期待，有梦想。愿每一个心若繁华的姑娘，都被命运温柔以待，万水千山终获幸福。"我看见的时候，眼眶里盈着感动的泪水，她从文字里结识了我，一路相伴，让我知道我所喜欢和所坚持的事情，在被别人所喜欢所肯定着。那份爱，是我人生中灿烂的光。

朋友发消息说，"得有人爱，得有人明白你的爱，得有人不辜负你的爱，得有人爱你。"对我而言，我明白别人对我的爱，也绝不会辜负别人对我的爱，我被别人爱着，同样也会去爱别人。生命因此而丰满，生活即便简单也会充满温暖。

被爱着是幸福，能够去爱亦是幸福。

为我照料花草的人

　　打小，我就喜欢花花草草，看着它们就会高兴。

　　乡下，野花野草很多，像开着蓝色小花的婆婆纳、百花三叶草、结球的苍耳、紫花的刺儿草……我识得很多，也喜爱它们的模样。母亲种庄稼，田里的杂草肯定是会除去的，隔三岔五就除，不懂事的年纪里，我会吵闹着不肯她除去。母亲不理解那些杂草有什么值得我哭闹的，但是田坝上、小路边、河岸上的野草还是会留着，让我蹲着玩半天。

　　我也喜欢月季、虞美人、杜鹃花、摇钱树、宝石花等，村子里谁家长了这些，我总是要想办法去移植到自家来。犹记得墙角的那株月季，便是我红着脸问村子最西边的老爷爷要来的，爷爷和气地替我选了可以存活的一根枝丫压进了泥土里，让我过些日子再来取走。回家后，我盼着等着，害羞去问爷爷要，便总是提醒母亲一同过去。母亲带了菜苗，一个劲儿谢谢爷爷应了我这个小丫头的请求。

　　如今，墙角的那株月季花还好好地开着花，十来年了依旧芬芳。我在家的日子却越来越少，春天里，母亲会给它施肥，暮秋时分，母亲会给它修剪枝丫。月季开花最旺的夏季，母亲会在电话里描述花盛开的样子。母亲不会说想念我，只是会问我有多久没有回来看我的花了。花是我的吗？是的吧，母亲替我养的，一养就是十来年。

今年五月份，在家待了一段时间，我去了一趟花卉市场，欣喜地买了很多盆多肉。买回家时，我特别开心也很兴奋，将最喜爱的几盆摆在自己房间的窗台上，其余的都摆放在阳台。母亲最初看到多肉的时候，不是太喜爱的，觉得它们又不开花又不结果的，太小了没有看头。但我高兴，她也就乐意帮我搬来搬去。

我国庆回家时，打开房间，窗台上的多肉全部死去了，一下子觉得黯淡、落寞。母亲是多久没有去我的房间了，多久没有照看它们了，以至于它们等不到我回来就死了。原来，我已经习惯了母亲会在我不在家的日子去打理花草，只要我回来，便能看到心爱的花草生机满满。我跑过去看阳台上的多肉，大多数都长得好好的，还有不少比以前精神多了。失望的心情，稍有好转。

今日电话里，我和母亲聊到阳台上的多肉，她说有几个长得太好都要扑出来了。我打趣地问为何我房间里的都死去了，她是不是偏心没有照料到她们。母亲叹了口气说，就知道它们死了我会不高兴，就时常给它们浇水，太频繁，它们反而死了。母亲告诉我，年前来上海做手术前，她特意将阳台上的多肉搬回家，怕冬天冻死了，我回来又会失望。

我听后，觉得自己特别不懂事，怎么能怪母亲没有照料我的花草呢？花草长得好，我应该感谢母亲，花草死去了，也是因为我没有对它们负责。即便是她自己要做手术，母亲都记得我的花草们，这份心意，母亲给我了，可我理解和感恩的心却没有给母亲。

父母对孩子的爱，从来都不应该是天经地义，但我将其认为理所当然了多年。这些年来，母亲因为我对花草的喜爱，自学了很多关于花草

049

的知识,也会添置几盆新花,给我惊喜。我又为她做了些什么呢?什么都没有做……

  那个默默为我照料花草的人啊,我不在家的日子就让花儿陪伴着你,给你芳香,给你鲜艳吧!谢谢你,一直以来对它们的爱,对我的等候,我想回去看看花,回去看看你了……

来自故乡的泥土

这世上有些东西，你望一眼，便会热泪盈眶。

连续几个夜晚都睡在医院里，当清晨终于能够拖着疲惫的身体回到住处时，我想什么都不顾直接倒床上睡觉。在他乡，在工作，真的挺累的。

我喘着气爬到六楼，看到门口有一个花盆，里面还有半截土，心中觉得有些奇怪。开门后，看到客厅里的桌子上摆满了蔬菜。有长长的莴苣，新鲜的叶子还在上面；有干净的茼蒿，翠绿翠绿的，它们躺在塑料袋子里；有整齐的大蒜，蒜白干净，蒜叶葱郁；还有一团团的草头，挤在袋子里有点瘪了……我知道，这是父亲送过来的，都是母亲在家里种的。

于是拨了个电话回去，告诉母亲蔬菜都带到了，最近会好好吃饭，让她不要担心。母亲在电话里很关切地问我有没有将它们收拾好，尤其是那带着泥土的葱，让我放花盆里好好养着，炒菜、煮鱼都用得着。有空多浇浇水，家里的土很肥的，它应该能够长得很好。

我去寻找带着泥土的葱，一大把的葱躲在蒜下面，将它们拎出来，果然发现袋子里有半袋的泥。用手去触摸那黑黝黝的泥土，有点湿润，有点松软，我瞬间泪盈满眶。这是父亲大老远从家乡带来的泥土啊，它坐着长途汽车而来，带着母亲的心意而来，它是故土，也是我的寄托啊。

想起前两日，自己做饭时发现年前栽在小花盆的葱枯黄无叶，一个冬季让它败落得很，心中伤感。我打电话回去，感慨在城市里养活一棵葱都不容易。那盆葱的泥是自己用塑料瓶在小区里的树旁挖的，土很硬，见风就容易开裂，也不储水，葱细得像营养不良的孩子，平时都不忍去掐下来。谁知，惊蛰那日的大风大雨，刮落了阳台上的那盆葱，它算是彻底消失了。

本来打电话也就是随便聊聊，不曾想母亲竟暗自把这件事记在了心中。趁父亲要来上海，将家里生长很旺盛的新鲜蔬菜带给我，怕我这边的泥土不行，连泥土都给带来了。而父亲来时，我还在医院里，他将蔬菜放进屋里后，怕我的室友笑话，把那盆带着泥的花盆就默默放在了门口，悄然离开了。

我将门口的花盆拿进屋，将葱栽进去，浇上水，将其摆放在阳光能够晒到的阳台。忙好这些，我坐在椅子上去看那盆葱，忽然就想起肖邦离开波兰时，亲友们送他的那只盛满祖国泥土的银杯，那象征着祖国将永远在异邦伴随着肖邦。年少时不懂，不知道肖邦为什么会感动，不知道一杯泥土又何以象征着祖国，不知道它究竟会在异邦给肖邦带去多大的力量……

如今，我看着阳光下的那盆葱，三月的春风很温柔，却也让我掉泪。来自家乡的泥土啊，它真的让我很思念家里的一草一木，那些随手可摘可食的水果蔬菜，对自己贴心贴肺的家人，和煦春风下的舒心，在这里，我是没有的。一瞬间，我懂得肖邦离开时的心情，也感动父母如此的用心。

很多时候，别人无法理解你为何突然难过，你为何突然泪流，你为何突然喜极而泣。那又何妨呢？不必去解释，不必去寻求安慰，因为懂的人自然能够明白。即便你一脸疲倦、头发蓬松，你还是会对着来自家乡的那盆葱微笑，你的眼里还能装下整个春天，你的心始终为那些爱那些暖而柔软。

这世上，有能够让你望一眼就热泪盈眶的东西，就已经足够了。足够你走过失意，足够你走过孤独，足够你重拾力量去前行，足够你灿烂地笑在春天……

不是吗？

摘些山花给妈妈

我妈要在河岸上种一片芍药花，说等着花开时拍照片。

我问她，是不是因为看到我站在芍药花海里的照片，觉得很好看？她笑了，可不是嘛，从未见过那么好看的花，这辈子都没拍一张"花枝招展"的照片。人生遗憾的事情太多了，还是你们小姑娘好哇，想出去玩就出去玩，照片还拍得那么漂亮。

妈妈结婚后，很少离家，走一趟亲戚也是连夜赶回。她不抽烟，不喝酒，不打牌，不嚼舌根子，从来没有人给她写信，没有人邀她出游，散步也不过是在村子里的小路上走走。她的世界很小，灶台、菜园、田地。家禽家畜是她的朋友，见到她，大羊小羊都往她身上蹭，"咩咩"地叫，鸡鸭鹅扑着翅膀欢呼，猫狗围着她转。她说她出不了远门，家里离不开她，不放心的地方太多了。

我劝她几次，活着就要多出去看看，外面的世界真的很精彩。我用同学的妈妈举例，人老心不老，打扮得红艳艳，春天赏花，秋天爬山，说起话来神采飞扬，看着比她年轻十几岁。妈妈听后，也不恼，淡淡地告诉我,同学的妈妈种的地收成不好,门前屋后都是杂草,家哪里像家呢?她要守着家,照顾好家中的一切,然后等着我们回来。

我妈年近五十,辛苦地把我拉扯大,从前照顾中风的外公,现在照顾痴呆的外婆,自己头疼脑热从不要别人照顾,总是忍着,扯些草药偏方服用。她说去了医院,人就一身病,再也提不起精神去照顾别人了,她还扛得动那些"小毛病"。

我听着她说那些话,鼻子总会一酸,却又无法改变她的观点。我时常给她打打电话,她就老高兴,跟我讲村子里发生的事情,今天这家人娶亲了,明天那家人办丧事了,村子里的桥重新造了,村头的老油坊倒闭了……仿佛那么小的村子比外面的大千世界更精彩。我知道,她虽然偶尔羡慕别人游山玩水,但却认定了自己生活的村庄才是全部的天地。

如今的我,只有在寒冷的春节才回家,待上几天便又离开了。春天,梨花开时,妈妈问我要不要回家看看?我说工作忙,再说吧。秋天,梨子熟了,妈妈又问我要不要回家吃梨?我说暂时没有假期,梨还是妈妈吃吧。到了冬天回家,妈妈就指着梨树上的雪对我说,你看看,花开不回来,果子熟了不回来,光秃秃的树有啥好看的呢?她甚至有点怪梨树不在冬天开花,不在下雪的日子结果。我抱着她,轻轻笑着,说披上雪的梨树也好看呢!

妈妈要种一片芍药花,说到底还是为了种下一些期待。她说芍药花开出来特别招人眼,风一吹就摇摇晃晃,路人都会被迷住,停下来观赏,那时便可以和他们交谈,说些趣事。就是没人的时候,自己看着灿烂的花,也觉得像是回到了少女时代呢。说不定因为盛开的芍药花,你还会回家呢……她期待着明年的花开,期待着那伴随着花开而来的一切。

我忽然为自己有这样的妈妈而高兴。一辈子没见过多大的世面,活在小小的村庄里,却把家照看得很好,还能在内心里装着期盼。她的世界很简单,家人健康,庄稼长得好,一年四季,各有各的期待和欢喜。

一生的时间很长，但也很短，她把每一天都认真过了，没有辜负任何人，包括她自己。

有多少人可以做到她这样呢？很多人啊，贪恋外面世界的多彩，一颗心总是漂泊不定，奔波不安的灵魂无处栖息，时间久了便会怅然若失。树木再绿，花再美，他们都失去了兴趣，生活变得索然无味，没有了意思，也就没有了活着的奔头。

我该经常回去，尤其是在春花烂漫的时节，摘些山花给妈妈。和她讲讲我听到的外面的故事，帮她在明媚耀眼的芍药花前拍照片，笑着说，妈妈呀，你比眼前的花要好看百倍呢！她听后一定笑得"花枝招展"，觉得这辈子没有任何遗憾。

烟火里的疼爱

烟火里的疼爱,从不惊天动地,只会贴心贴肺。

那日回到家时,天色已晚,舟车劳顿的我显得很不精神。原意是想吃点茶泡饭就得了,洗洗便睡。

母亲不同意,她说知道我要回来,白天就买好了饺子皮,下午剁肉做馅儿,晚上包好了就可以吃上热乎乎的饺子,空着肚子的人哪能睡一场好觉呢?于是,她让我歇着,自己开始了忙活,在我吃的方面,她讲究的是"一日三餐,吃好吃饱"。

虽然一身倦意,但我看着她端来菜肉陷儿,拿出圆筛子,放上一碗水,摊开了饺子皮,熟练无声地包着饺子,我不再好阻止。看着灶台旁放着的花茶,那是我过年时带回家给她泡着喝的,因为常听她说受凉嗓子疼,想着花茶会润喉滋脾。打开一看,还有很多包,撕了一包泡了喝,我问母亲:"怎么没泡呢?"

她抬头望了我一眼,继续低着头包饺子:"我喝不惯的,白开水就行了,冲茶多麻烦啊。""那包饺子不麻烦吗?直接白开水泡点饭不是很省事吗？"我有些不依不饶。

"你回来了做什么都不麻烦，我一个人哪怕是喝茶都觉得费工夫。"听到母亲的回答，我倒是有几分后悔去问。我没有答话，实在是不知道如何回应这份她觉得理所当然的疼爱，我既心暖又心疼。

平日，母亲一人在家的时候，若不是过节祭祀的日子，很少煮肉烧鱼，常常是炒点自家种的蔬菜，烧一个汤，将就一日三餐。愈是耗费时间精力的，比如饺子、擀面、烙饼这类的，她愈是不愿意忙的。我知道，即便她从不讲。白茶清欢的日子，母亲觉得一个人过没什么不好。

可我回来了，她必然是要大肆在油烟里做各种吃的，从不怕麻烦。回到家的第二个晚上，她捧出了田里留着的最老的南瓜，切开，去除掉黄艳艳的囊，打算烙南瓜饼。她笑意浓浓，一边拍着南瓜，一边说道："南瓜越老越香，特意给你留着，做南瓜饼的手艺可是从你外婆那里传下来的。"听她得意的语气，真觉得她好像一个等着被夸的孩子。然而我知道的是，做南瓜饼耗时费力，光站在灶台边一个个煎就需一两个钟头，凡是好吃的食物都是要倾心去做的。

母亲愿意用整晚的时光去为我做南瓜饼，她说，每次吃都会想起外婆，每次做出来都会想，味道是否和外婆曾经为她做的一样。我知道，她是想我以后吃到南瓜饼也会想到她，吃不到时也会深深想念，她想将她做的味道烙进我的生命里，令我念念不忘。

我看着母亲用不锈钢的勺子一点点将南瓜肉刮下来，每次刮只能刮下一点点，那逐渐堆砌的南瓜肉儿卷着边，在瓷盆里精致得很，仿佛是一件艺术品。当再无南瓜肉能够刮下来，只剩南瓜的外壳时，便可以将准备好的鸡蛋打在南瓜肉里，放上切好的一堆碎葱，然后撒上盐、倒上豆油、添点味精。这时去看瓷盆里的南瓜，漂亮得很，大片的黄配上新鲜的绿色，没有被破坏的鸡蛋就像娃娃躺在上面，单单去看，我就觉得世界的幸福应该都汇聚在那里了。

母亲让我起火热锅,她则将面粉散落在南瓜肉里,配上水将所有的一切搅拌在一起,粘稠稠的,和匀等着入锅。"我们一会儿就可以尝到香喷喷的南瓜饼了,明天中秋节,还可以盛两个放盘子里祭月亮……"母亲站在灶边等着锅热,往窗外看着那轮已经渐圆的月亮,她应该是挺开心这个中秋不再是一个人在家吧。

我很喜欢这样的时刻,母亲在锅边用勺子一个个烙着,锅里的南瓜裹着面粉成形变得更金黄,散发出沁人的香,她的脸上有着满足的笑容,说着一些寻常的话。我添着柴火,时不时跑到她身边,眼馋着锅里的南瓜饼,嗅一鼻子的南瓜香,体会着油烟里的她的快乐。简单不喧哗,外面的月亮就安静地照着屋内的我们。

待第一锅的饼熟了出锅,母亲会放在窗边让风吹凉一会儿,然后用筷子夹一块让我张嘴尝。正如她常说的,"孩子无论多大,在父母眼里始终是孩子",所以我就真像一个孩子接受着她的宠溺。南瓜饼入口香甜,咀嚼着仿佛吃出了秋的余味深长,咽下去则满腹都是南瓜香。母亲做的南瓜饼,有着整个秋天的味道,带着烟火里的深情,无声无息就进入了生命里。

月升至树梢,满满一盆的南瓜饼在屋内散发着清香,我们边烙边吃,早就吃不下了。全部烙好后,母亲收拾碗筷,洗刷锅盆,这才发现刮南瓜肉的时候太过用力,手指肚上都划出了小口子,沾水后会隐隐作痛。我说:"吹吹吧,给你贴上创口贴,怎么那么不小心呢?"

母亲憨憨笑着,说:"忙着做好吃的,一点都没觉得。你回来了我就高兴,一点都不疼。"她身上满满的南瓜香,还有岁月静好的味道,一并让回家的我感到心安。母亲在,家才是我日夜思念的地方,她做的所有饭菜,今生难忘其味。

我会永远记得母亲在烟火里给我的疼爱,带着温暖走过日后的岁月。

059

那光，那娘儿俩

　　清晨六点，正是那束光，特别明媚和漂亮。
　　远处还有着雾气的白纱感，那束光就带着力量穿透云层，径直沿着它的方向射过来，而它的方向正好是母亲站的地方。我蹲着身子，头仰着看那束光照在母亲的身上，那么安静和温暖，似乎是深海里看见的光，让人欣喜又迷恋。
　　母亲正倾身够着枇杷树上的枇杷，那些高高在上的黄色枇杷，熟透了带着诱惑的枇杷。母亲用力踮着脚，一手拿着锄头将树枝压下来，一手伸长去采摘，很认真也很努力地摘着。她的眼神专注，一心想摘下那枝头的一串黄里透红的枇杷，手指离枇杷只有两厘米的时候，树枝从锄头上滑落，弹了回去。
　　那束光也随着弹跳起来，斑驳地照在了我脸上。我看着枇杷树的叶子缓缓掉了几只，枇杷也顺势掉了几颗，那树屑更是纷纷而落，一些就落进了母亲的眼里。母亲一声"嗯哼"，两手揉着眼睛，然后转向我："你看看，你怎么像个木头，不知道帮忙抓住树枝，让它又弹上去了，又难够着了。"

"那太高了就不要了嘛，我都带那么多东西走了，枇杷吃点儿意思意思好了，树上的留着你在家吃。"我站起来，嬉笑着拿着篮子去捡滚落在地上的枇杷。掉在地上的枇杷不像秋天熟了掉在地上会软、会破的红柿子，它们仍完好无损，骄傲地像仍旧长在枝头上。

母亲说我像木头，其实呀，我是看着她入了迷。痴痴地望着，像是在欣赏一幅画，似乎是一下子明白了为什么每当看到达·芬奇的《圣母子与圣安娜》会心生感动。一些再寻常不过的场景，因为有我，有爱我的人和我爱的人，它们也寻常得有温度、有光芒。

"够得到的枇杷早就被我们吃了，你今年还没怎么吃到它呢！我们在家想什么时候吃就什么时候吃，高兴吃多少就吃多少，你看看你多久没有回家了，回家就待了一天又要走。你说说，树上就剩高处的枇杷了，不摘的话，你的那份就都贡献给天上的飞鸟了……"

母亲的眼睛揉红了，眼泪也揉出来了。她的话很多，怪枇杷长得高，怪我回来匆匆，竟然还怪鸟吃了我那份枇杷。真是可爱，我笑着听她的啰嗦，听她的抱怨，多久没有听到这样的家常话了？我喜欢这样的场面，带着温情，有着治愈感，心灵被滋养着。

"来，你拿着篮子在下面接着，我把它们打下来。下一次吃家里的枇杷得等到明年了，这是树上最后一批了。你要带着走。"她的话总有些重复的，她说她老了，记不得自己讲过哪些话了，只好反复讲。而这次回家她重复最多的就是"你带走，这个你带着，那个你也带着，还有这个别忘了拿"，她好像要把整个家都让我带走。

我乖乖地听着她的话，配合着她接着落下来的枇杷。我知道我带走的越多，她越高兴。正如我吃得越多，长得越胖，她越高兴一样。我开玩笑地说："妈，要不把树拔了给我带走吧。"她听了，一阵笑，说："你个丫头，家里有人给你准备东西带走不好啊，难道要让你空着两手走吗？我可做不到这么狠心，你还不知道好歹……"

"哎呀，你最好了，你是世上最好的妈妈了。"我朝她吐了吐舌头，也许是越明白，越懂得，越是装作身在福中不知福。嘴里说着不要不要，但手里接着她给的，又满心欢喜。看来，我还是渴望被爱的小孩，还是个很贪心不知足的小孩儿。

我记得这个枇杷树是鸟儿衔来的种子长成的，大概是我高一的时候吧。起初它长得挺孱弱的。我有事没事就围着它转，盼着它开花结果，却总是等不来。母亲也是盼着它结果，于是施肥总是关照着它，打药水也记得它，她盼着它茁壮成长，就和盼着我长大一样。

如今一晃七年了，它已经亭亭如盖，枇杷满树了，而我却很少能在家了。我知道，往年树上摘不到的枇杷都是母亲留给鸟儿吃的，为的是感谢它们带来了这棵树。那些留在树上高挂的枇杷，是走过路过的人们常看的一道风景。

所以，我总不想带走树上的那些枇杷，想留着，像往年一样挂在树上，等着鸟儿来。

或许它们又能将种子衔送给另一户人家，在那户人家的照料下长出新的枇杷树，然后再结满树的枇杷。那户人家里也有一位母亲，在清晨六点的时候，为即将离家的孩子摘着枇杷。清晨的那束光照在枇杷树上，照在母亲身上，照在孩子的脸上，也成了一幅画。

那么明媚，又那么漂亮，让人难忘。

碎在时光里的爱

　　不知为何，但凡有点意义的日子，天空总喜欢飘着雨，就像此刻的窗外，也是悄悄地飘起了雨，一如去年我决定为他写些什么的时候来的那场雨。或许雨的来临，是想提醒我有那么一个重要的人，他出现在我的生命里，爱如雨微。

　　没曾想，一年的日子过得这么快，今日又是腊八节，又是我那不染头发就是小老头的爸爸的生日。今年是爸爸的本命年，还记得大年初一的时候，妈妈让他穿着新买的红色羊毛衫，祝愿他新年红红火火的情景，哪知无声无息地，我们竟然就走到了年尾。我也记得年前陪着他一起去理发，理发师的剪刀下散落的是一地的白发，然后我就静静地看着他头上的白发被一点点地染黑，就像沉寂的冬季苏醒后迎来生机的春天，爸爸也从乱糟糟的小老头变成了魅力四射的大叔。我在那么一个小门店里，看着他老去，再看着他变年轻，只能在心中暗叹：他终究是苍老了去。

　　然而，我还是感谢今年那么匆忙的时光，让我第一次能够在一年里见了他那么多次面。今年是我和他生活得最近的一年，也是感受到他对我的爱细碎在时光里的一年。正因为我们距离近了，才越发觉得自己不知道该从哪里开始写了。因为看上去寻常的一次见面，都有着他疼我到骨子里的爱。将他的爱比喻成空气很恰当，看似平常，却无处不在。

零零碎碎，就从最近的一次见面说起吧。那天正好是冬至，我不曾预料他会来看我，就算他来之前给我打电话说要来，我也是在电话里拒绝了的，因为那天的雨下得不小，而他每次来都是八九点，我不想他雨夜里赶来。可爸爸还是来了，带着他怀里预支的五千块钱。在那天之前，我打电话给他说我接下来可能会需要五千块钱，不确定何时要，想备着。他支吾着说暂时没有，回答里都是抱歉。

我打着伞，穿着秋天的外套，蹬了一双运动鞋走到我们见面的老地点，医院里的车库。他穿着蓝色的雨衣，里面是黑色的棉袄，至少穿了五年了，领口都卷毛了，雨水正好打在里面。雨衣是有帽子的，可他偏偏还是让头发露在外面淋了一场雨。我用妈妈责备他的语气责怪他，本能地伸手去为他拉好帽子："下雨了为何不戴好帽子，又不是摆饰，这还要人说啊？"他顺手摸了把脸上的雨水，说："我走的时候雨不大，想早点过来，没有顾上，现在雨点砸大了。"接着他便从怀里拿出了五千块钱的现金，红色的塑料袋包了一层又一层，完全没有被雨淋着。"问你姑父先预支，你现在就去存了吧，放着不安全。我的电动车没有电了，也不知道附近有没有可以充电的地方，不然回不去了。"

"我和你一起找吧，找到了再去存钱也没事。"我对周边不熟悉，他更是全然陌生。"不了，你先去，弄好早点回宿舍，我自己行的。"他在雨里摆着手，就走向了附近的街道，留给了我一个雨中渐远的背影。我想存完钱也很快，他也不会走远，那就快去快回吧。

谁知，我存完钱回来的时候，医院附近看不到他的身影，路上行人稀少，我连着给他打了五个电话都没有接通。我一手撑伞，一手继续拨打，把医院后面的那条街来来回回走了几遍，目光寻过了每一家亮着灯的店，却还是没有看到他。那时有种世界那么大，我却在这么小的一条街丢了他的感觉，于是就开始后悔不该让他一个人去找充电的地方。是的，我第一次感到看不到他会那么担心，担心雨天路滑，担心他会傻傻地推着没电的车走回工地，担心他被雨淋着的头发会让他感冒……当我看着雨下的路灯光芒微弱，心中无措的时候，爸爸给我打来了电话。

"你到底在哪儿，知道我打了多少电话吗？找了你多久，我都要急死了！"我冲着他发了一顿火，他倒也不生气，木木地说："我就在路转角，刚去找你来着，发现你不在就走回来了。"我按他说的，看见路转角的他低着头，乖乖地站在那儿等我，许是被我在电话里的高嗓门吓着了。我轻叹一口气，对家人就是控制不住情绪，也总算体会到妈妈说小时候打了我就开始心疼是什么心情了。走到爸爸身边的我，心彻底柔软下来，他还不是为了给我送钱才冒雨过来，不是为了早点过来才没给车子充电的吗？

"我没听到手机响，也没找到你。我也找你来着，因为我身上没有钱，投不了硬币，充不了电。"他像犯了错的孩子一样，眼神唯诺又委屈，用手擦着脸上的雨水。我的爸爸啊，一心惦记着给女儿送钱，自己身上连硬币都没有，穷自己都不会穷孩子，我该说些什么呢？

写到这里，很自然地想起另外一次他要过来看我，我电话里也拒绝了见面，甚至我们还在电话里吵了起来。那天倒不是个雨天，但照旧是晚上七八点钟。只有那时候他在工地上的活儿才结束。他一个人去了宝山的工地，坐地铁到我这儿要一小时，他电话里说要给我送晚饭，是中午工地上发的，有鱼有肉。我问他还有其他事吗？他说没有，就是给我送晚饭，说我们医院食堂的饭菜不好吃，不如他的那份饭菜美味。我当然觉得没有必要单单为了一份快餐，坐一小时的地铁，上海的地铁又不打折，来回还要八块钱呢，他就自己吃了便好。"给了我三份，我吃不完，我就在地铁里不出来，然后再原路坐回去，就只买单程的车票，没

065

关系的。"

哪里可以为了送一顿饭，冒着被工作人员抓住逃票的危险，何必去钻这个空子呢？我电话里一开始耐心地和他讲这样子是不行的，要买回程票的，他偏执地认为我又没试过，怎么就知道不行，何况被发现就是补票，也没什么好丢人的。他偏，我就急了，坚决不要他来，可他还是执意要来，并且挂了电话就出发了。

接到他在地铁里的电话时，我深叹了一口气，爸爸往后肯定是老小孩儿，我定是无法左右他的想法的。我只好匆匆地跑到地铁里。他拎着一只老土的布包，在检票口张望着，看见我语气很不开心地说："打了电话还不快点，慢慢地，磨蹭什么，都九点了，我还要赶回去。"本就不愿意他特意过来一趟，执意来了还责怪我。他显然对我在电话里的说教也很不满意。我接过他手里的包，想说两句辩解的话，他摆了摆手，留下了一句"我走了，饭热一下吃。"我愣是看着他的背影匆匆离开了地铁，手中的包，沉甸甸的！

回到宿舍打开包才发现，不仅仅是有鱼有肉的那一份快餐，还有十来袋饼干，还有四颗新鲜的无花果，和路边商贩卖的一样。包里面还有一瓶冰红茶，还有几袋我其实不怎么吃的月饼，许是谁人给他的。我吃着他特意送来的晚饭，给妈妈打电话说了这件事，听到妈妈电话那头轻声说的那句"你爸难得今年和你在同一个城市，他想把有的都给你，都是他的好意啊。"我吃着吃着就哽咽了，妈妈提醒我天凉要多穿点，因为我爸告诉她，孩子衣服穿得少，让她叮嘱我，而他自己不说的原因是担心我嫌他啰哩啰嗦。

这样的他，绝对是深爱着我的，可爱得有时会让我觉得他不懂事，有时又觉得自己不懂事。他藏着自己的关心，用我不理解的方式来表达，也接受着我没有控制的情绪，继续想方设法地照顾我。每一次的见面都可以写成长长的一个故事，只是我不知那么细碎的关爱我该怎么记录下来，说出来都是微不足道的寻常事，和流水账一样。

今日下班给他打电话，他没接。一小时后再打，通了："爸，今天你生日，祝你生日快乐啊！在干嘛呢？"他电话那头笑了，说："我自己也记得的，不用每年都特意提醒我，我记得的。"于是开始有一句没一句地聊起来，真的聊了好久。他说今天想买点菜来看我，想一起吃的，可惜雨下得越来越大，他也不会弄什么炒菜，就作罢了。我笑了笑，那要不我去看你，反正也下班了没事。"不用不用，雨大，你来这边坐的地方都没有，工地上灰尘多，简陋，不必来。"我说："那你出去买点好吃的，不要吃工地上的大锅饭，难得生日，以后我有工资了请你大吃一顿。"他连说："好好好。"于是，生日祝福以一通长长的电话结束了。

雨还在下着，我却越写越乱，彻底成了一篇碎言碎语。今天又只剩下两个小时，爸爸也过完48周岁，他又真的老了一年。我是想去看他的，只是顺了他以天气不好不用过去的借口最终没有过去。其实是因为我还没有经济独立，我不想他的生日还让他因为我的到来继续破费，腊八节没有能为他熬一碗腊八粥，是我做女儿的不好。我只能做些同样细碎的事情，一声问候，一通电话，一个暗暗在心中的目标：我要尽快成长，可以用自己赚来的钱为他买蛋糕，请他吃饭，送他礼物。

爸爸，请慢一点老去，等等女儿来回报你那碎在时光里的爱，好吗？

回家的诱惑

　　不知道何时起，竟在白天也开始想家了，尤其是在这秋高气爽的日子里，一抬头就看见清爽的蓝天和大片洁净的云，分明和站在家乡那黑黝黝的土地上望见的天空一模一样。

　　可一样的景色，我心中更觉得好的依旧是家乡的景色，奈何离家后总是在吟唱"故乡云水地，归梦不宜秋"。

　　我定睛望着窗外的高大玉兰树，厚重的树叶，遒劲的树干，一切似乎刚刚好，却又觉得少了点什么。当我好不容易发觉，原来是少了那高洁淡雅的玉兰花，就像再安好的岁月孩子不在故乡一样的时候，室友从家里大包小包地带了一堆东西回来了。我望着那翠青的芦蔗截好的一段一段，那红粉的苹果洗净的一个一个，那剔透的青提诱人的一颗一颗，还有那黄澄澄的橘子散发着果香，我单单就是看着也觉得幸福。

　　为什么时常想着要回家，那是因为家就是如此一个充满诱惑的地方啊！在没有回家之前，我心中对于家的眷恋像云在想念风，回过家之后，我心中的眷恋就如鱼在想念水。云可以离开风，鱼却离不了水。在外吃的哪怕是大厨做的山珍海味，也还是怀念母亲寻常的手艺煮出来的食物留在齿间的味道，也还是怀念家中的土地上长出来的果树结出来的果实。

　　初秋的时候，我不管山长水远地回了一次家。回到家的时候是下午的四五点，那时太阳还照得我脸发烫，一回到家妈妈便捧出了冰箱里的半个冰镇西瓜，我贪婪得像七八岁的孩子，毫无节制地吃着，直到撑得再也吃不下。我将瓜皮掰成小瓣喂着家里的羊，看着它们急切切地吃着，两边的腮帮鼓得圆滚滚的，有种巨大的满足感。我好久都没这么放肆地吃西瓜了，在上海的时候，觉得西瓜太贵了，于是以吃不到葡萄说葡萄酸的心态走开。

　　说起葡萄，家中还真长了葡萄，在老屋还没有拆掉的时候，葡萄藤顺着屋后的老水杉树往上盘缠，到达屋顶便又顺着瓦散开来，整个屋顶上都是绿色的一片。待到夏末秋初的时候，青涩的葡萄开始变红变紫，犹抱琵琶半遮面地藏在葡萄叶下面，我望着流下口水。那时身子轻盈，妈妈扶着一把梯子，我爬到屋顶，拨开半绿半黄还有锈色的葡萄叶，找寻藏在下面的诱人葡萄。妈妈在下面拿着篮子，接着从屋瓦上滚落的葡萄，嘴里念叨着："你慢点儿，你慢点儿，轻点儿，轻点儿踩……"我是个女孩子，却也是个野孩子，胆子贼大，有时候都能听见瓦碎的声音，我妈都做好随时接着我的准备了，我还若无其事地继续飞檐走壁。现在回忆起还是甜甜的，真想回到过去那段时光呢。老屋拆了之后，妈妈也没有舍得扔了那棵葡萄树，将它搬到了院外，虽然结的葡萄少了，可我依旧还是尝了两个，味道如初。

　　傍晚的时候，妈妈用大铁锅煮了一锅的黏玉米，那玉米香透过木头锅盖飘出来，闻着便浑身酥软，脑海里自然浮现出大片的玉米地，那是一派欣欣向荣带着希望的场景。煮久了的玉米，皮会炸开，露出白色柔嫩的玉米粒，像刚出生的婴儿的脸，肥嘟嘟的，惹人爱。我在外面馋得很的时候，也会买一根玉米尝尝，但总觉得少了股熟悉的味道，那是夹杂着锅盖木香的田野味道。

　　于是，我看着那一锅的玉米，心急地用铲子捞了一根上来，手刚碰到便被烫得速速地缩回，妈妈则拿着菜篮子接过烫热的玉米，嗔怪道："你这丫头，急什么，让它在风中冷一会儿呀。"我吐吐舌头，端着玉米走到外面，将其放在枇杷树下的水井盖上，怀着一颗期待的心坐在旁边等着，真是无比的好。月亮初升，一家人坐在树旁，吹着晚风，吃着玉米，聊着三两家常，此情此景怎么一个悠然了得，谁能不贪恋在家的日子呢？

　　第二日清晨，睡眼朦胧的我醒来，看见木桌上放着温热的红豆粥，不稠不稀，刚刚好。我一直都很佩服妈妈，她煮的粥能如此恰到好处，喝着很舒心。吃早饭的时候，妈妈拿出一颗咸鸭蛋，是她自己腌制的，我剥开蛋壳，用筷子挑开蛋白，黄灿灿的蛋油冒出来，别提多增加食欲了。想起我在上班的时候，跑到食堂买个花卷或者包子就边吃边走，哪里会像在家这般自得地享受早餐呢？初秋时分，田里的那些脆瓜还生嫩着，妈妈将其洗净，切成小片放在碗里，添上生抽和陈醋，撒点味精，轻轻拌在一起，合着粥咬在嘴里甜丝丝，脆生生的，在我眼里那是夏秋最好的早餐小菜。许久不吃，再吃时就难免控制不住，我多吃了半碗粥呢！

　　一上午，妈妈一直在忙碌着，她说孩子难得回来，一定要多弄些好吃的，离开家后才会想念，才能念着家的好。难怪我在外老想回家呢，怎么也忘不了她给我准备的这些好菜好汤啊！邻居阿婆送的龙虾很是令我心动，依稀记得十二三岁的暑假，我和三两个小伙伴拎着桶、扛着竹竿，顶着大太阳去钓龙虾的场景，一晃都过去好多年了。

　　看着妈妈红烧着龙虾，倒一点酒去腥，滴一点醋调味，生抽一入锅，嗞啦的油花溅起，翻滚着的龙虾把五味齐全的汤汁吸进肚里，赤火一般的颜色配上一两片生姜的黄和一两把打过结的葱，真是漂亮到直拍手呀！很快，一盘张牙舞爪的龙虾端上桌，我的眼睛直勾勾地盯着它们看，终于按捺不住动手剥开那坚硬的壳，吸上那热乎乎的汤汁，稍微有点辣，可是恰好挑逗了味蕾，将龙虾的滑嫩和酥软都顺着喉咙进入了胃，竟有种飘飘入仙的感觉。

我贪婪又满足地吃着龙虾，不知不觉间，龙虾壳堆满了碗，而妈妈也已经将烧熟的饭菜端上了桌。久归的孩子比天天在父母脚跟下的孩子享受到的幸福更明显，我说要不要搭把手帮点忙，妈妈直摇手，说道："你只管吃就好了。"我被宠溺着，尽情地享受着美味。红烧的鲤鱼，爆炒的青椒小炒肉，油焖的嫩茄子，清淡的丝瓜蛋汤，凉拌的米粉，每一道菜都是不容拒绝的，可奈何胃太小装不下它们。妈妈肯定觉着我的胃是一个无底洞，点点这盘菜，指指那碗汤，努努嘴让我尝尝，她说我要都吃下她才会放心。我知道，如果我不回家，顶多一个炒菜，一碗汤，妈妈的午饭就解决了。我假装不知道她平时的清苦，满脸幸福地夸着她的手艺好，调皮地建议她去当个厨师，开个饭店，生意肯定好到爆。

饭后散步，走到家门口的田圃，又是满眼的诱惑！梨树上挂满了大大小小的梨子，梨子的皮是糙的，上面会有点点的像斑的印记，侄子说那是太阳吻过的证明。若不是刚吃饱，怎么会不对那水分足足的梨子下手呢？你看那些馋嘴的鸟儿们，早早就来探寻过了，那些熟透的梨子已经被它们啄得千疮百孔了，而它们依旧不满足，时不时就飞过来看看，估摸着又惦记着哪颗将要熟的梨子呢！

再看那绿叶葱茏的桃树，尽管没结什么果子，可还是会给人无限的遐想，似乎咂舌间能有鲜甜的桃子汁溢在两颊里，总是能勾起我的童年回忆，那赖在桃树上吃饱睡着不愿下来的记忆。桃树下矮矮的那一片绿色，是妈妈种的毛豆，长势特别好，有点像《鲁滨孙漂流记》里小人国的那些植物，在小人们眼里是那样高大茂盛。我特别喜欢丝瓜汤里加上鲜毛豆，汤会因为毛豆更加鲜美。

最满意的是今年妈妈种的那一架子圣女果了,听说是从别人家移栽过来的,圣女果结得满满的,红得玲珑剔透,小巧惹人爱。我禁不住诱惑,摘了一颗,在井边压了点水洗了洗,便扔进嘴里。味道酸溜溜的,又有点甜丝丝的。听说圣女果有着生津止渴、健胃消食、清热解毒的功效,饭后吃再适宜不过了。我摘着,边吃边把玩着,手心里的圣女果滑溜溜的,皮紧绷着,自然就想到了刚出生的婴儿的皮肤,也是充满水分,Q弹Q弹的。圣女果的花期很长,所以满架不仅挂着红红的果儿,也开满了黄黄的花儿。小碎花像是星星一般,有着梦幻的美,在微风中盈盈地笑着,驻足的我欣赏着她的美,又幻想着她孕育出的果实,真是个令人留恋和勾起欲望的风情女子呢,偏偏她又是圣女,又不得不怀着敬畏之心观望着。

回忆着美好的事物,不禁轻轻笑着,家里真的是有数不尽的美味,有太多令人馋涎的水果呀!室友偏过头来,问:"你是不是傻了呀,看着窗外有什么好笑的呀?"我摸了摸嘴巴,幸好还没有流口水,可沉浸在那些幸福片段里的我真不愿醒来。我觉得自己是挺傻的,傻乎乎地贪恋着家里的一切,在白天也毫不掩饰地表现出来,像个小孩子一样。不知道如何才能抵住来自家的诱惑,才能剪断家中牵连着的丝丝缕缕的线?

像我这么爱吃的孩子,大概这辈子都逃不过回家的诱惑,都剪不断亲人之间爱的丝线了。

愿你余生平安喜乐

今日腊八，是父亲五十岁的生日。

下班归时，给父亲发去消息：祝你生日快乐，愿余生平安喜乐。因为工作原因，我无法在今日请父亲吃一顿饭，便只好提前约见将礼物给了他，算是庆祝过了。自打前年开始，我会在父母生辰写下送给他们的文章，我希望能够将此习惯，延续到他们百年。

总是会忍不住想起杜甫的诗："年过半百不称意，明日看云还杖藜"，对于五十岁的人来说，境遇决定了心境。若是生活风生水起，日子得意顺心，五十岁不过是五十岁而已。但要是一年波折不断，时下拘谨烦心，五十岁便是都已经五十岁了。

在老家，五十岁是人生很重要的一个转折点，知天命之年，往往是要大摆宴席祝寿的。年前在家，我问起父母是否会设宴，他们说不会，不想让亲戚们因此破费，也实在是不想劳神了。母亲说，若是我出嫁了，倒是可以携夫家送面祝贺，闺中之女，还是算了。我听后，心中憾意直生。

073

父亲的生日向来好记，"腊八腊八，冻掉下巴"，没人会忘记这个日子。自打我记事起，便知道腊八节是父亲的生日，然而，知道了又如何呢？年少在家时，父亲常年在边疆，除了春节几天在家，我们是见不到面的。就算是有信件往来，我也是通过母亲得知他的消息，所以那些年，与父亲疏远得很。腊八节，我早早就期盼着，不是因为是父亲的生日，而是母亲会煮一锅八宝粥，香糯可口，让我很馋。

后来，我在外读书，腊八节也不在家了，与父亲自然还是难见到面，祝福也就限于电话里的一句"生日快乐"。父亲不善表达，我亦是对他说不出特别亲近的话，唯有母亲在我们之间来回说好话，以促进我们的感情。懂事后的自己，能够明白这些年父亲在外的辛苦，以及和我产生的距离感，背后是对家庭的责任和对我无声的爱。

我们父女之间真正时常联系和相互关切，是在今年。我选择留在他在的城市，他亦选择为我继续留在城市里。他五十岁，我二十四岁，他年过半百，我刚刚大学毕业。这一年里，我碰上了很多不如意，是自己太过稚嫩无法面对这现实的世界所致的，苦恼、烦闷、哭泣、抱怨……母亲说，听到我难过，父亲坐立难安，辗转难眠，当然，父亲从没有告诉过我。他只是，不管手里在忙些什么，听到我的电话都会立即放下。时常会在晚上来找我，听我诉说，开导我。但凡有什么好吃的，会留着送给我。

有一晚，我们聊了很久。聊他在边疆的那十几年，聊我无意选择的专业，聊困扰母亲多年的疾病。他说，其实这些年来，未曾放弃过给我们母女更好的生活，但是每个人吃的饭不同，他注定是需要靠劳力去赚取生活费的人，难以给我们富裕的生活。他告诉我，不要怕，就算如此，我若是有什么想法，他还是会倾尽一切去支持我的，我还年轻，一切都有可能。

对于母亲的病，他是放心不下才回来照顾的，仿佛大家都上了年纪，更懂得互相扶持了。他的脾气和母亲不一样，两人在一起会因种种事情拌嘴，可一家人把话都说开了，那些情绪很快就会消解。他希望若是我听到了他们因事闹得不开心，还是要明白家人的不可分离，体谅和多劝解。

那一晚，我们促膝长谈，我又一次深刻知道了父亲的不容易。他心中有苦楚，有期盼，有承担，也有无能为力。这五十载，如果用文字写出来，父亲的汗水和劳累必定占了大部分篇幅，可他还不舍得就此停歇享福，让我挑起家中的大梁。他想我能够在他的庇护下，慢慢地长大，不要受多少苦。

前些日子，父亲脚崴了，肿了好多天，不时感慨恢复太慢了。我给他买了药，他不合意，似乎让我买药，就是告诉我，他老了，需要我赡养了。他不想这样，他不想让我知道他有许多事情力不从心。可是，他头上越来越多的白发，却无声地告诉我，他真的开始苍老了，不再年轻力壮。

写之前，我还在心中想，要在父亲五十岁生日这天，送给他什么样的文字。写至此，我倒像是摊开了他五十年的人生卷，其中辛酸皆是有我之后。未能送面祝寿，只有绵薄之礼，我想送他"平安喜乐"四字吧，余生平安，余生喜乐，就足够。剩下的，都由我来完成。

我们好好的，这日子便会好的，还会有下一个五十年。

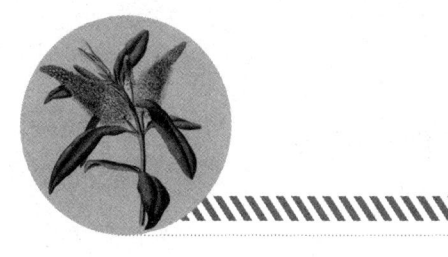

第三辑　一生为一件事而来

一生为一件事而来

早晨醒后，一个人站在窗边看雪。

开始的时候，雪不大，像一粒粒的盐花往下落着，坠生生地往下落着。这是2018年的第一场雪，它比往年来得更早一些。前几日梦里下了一场雪，没想到现实中这场雪真的降临了，它仿佛是为了我而来，为了让我相信"梦可成真，一切可期"。

虽然风雪让人感到寒冷，但看到飞雪曼舞的世界，我内心的欢喜止不住。于是，我不顾寒冷地打开窗户，伸出手去感受雪落在掌心的温度。每一片飘落的雪花真的不大，可是它瞬间化在手心的冰凉却能传遍全身，让我整个人清醒得很。屋子里是我一个人，屋外是无声无息飘落的雪，寂静，清冽，孤独又自喜。

最近一段时间，我很少有这样清醒的时刻，脑子里装着许多事情。杂乱，混沌，怎么都理不清，怎么都想不清楚，人的精神气莫名地被抽去。朋友说，我陷入了焦虑和不安，需要冷静下来好好想一想，不能急。每个人，或早或晚都会经历这个阶段，茫然不知自己该去何方，不知自己的选择是对是错。我，正好迎来了这个阶段。

　　雪纷纷扬扬往下飘的时候，我忽然想起雪小禅写的一篇文章，叫《一个人的山河岁月》，开头便问："我的山河岁月，一经沉淀还能有多少？"我也如此问我自己，过去的那些岁月，我沉淀下了什么吗？说不好，真的是说不好。

　　幼年时，我会因为吃不到其他小朋友吃的冰棒而大哭，以为自己是不被疼爱的孩子。后来才明白，父母已经把当时最好的东西给了我，一直很宠爱我。读书时，我会因为成绩不如别人优秀而自卑烦恼，总觉得身上没有闪光点。后来才得知，我也曾是同学眼里的好学生，是学习的对象。很多时候，我们看不到当下的自己处在怎样的位置，以自己以为的去以为，岁月过去，才知道当时的以为不是那么回事。

　　而在那些逝去的岁月中，我不断追逐和想要的那些事物，早已经千变万化。我内心想要沉淀下来的珍贵，它不是一阵虚无的风，而是看得见、触得到的雪。我要如这场初雪，一年只为冬天这一季而来，一生只为一件事而来。哪怕无法闪耀，哪怕晴天来时会消失，也要尽自己的努力，在天地间飘舞，创造属于自己的刹那精彩。

　　真的不要管他人眼光，也不要过分和他人比较，造成自己的患得患失。刘亮程写过"落在一个人一生中的雪，我们不能全部看见。每个人都在自己的生命中，孤独地过冬"。因而，把他人因素排除，只问自己的内心，真正要的是什么，真正想在日后的岁月中留下的是什么，不负自己的这一生，最重要。

　　雪越下越大，天地间白茫茫一片，我心里也干净澄明，不再芜杂。这场雪下得正是时候，它把那个灰暗的我照得明亮，让烦躁的自己清醒地认识到自己，不要贪图自己无法得到的事物，不要勉强自己做不愿意做的事情。人的这一生只为一件事而来，在找到那件事之前走多少弯路都是值得的。不要怕，往前走，跟着心走，会越来越接近那件事。

昨晚和朋友通话，她说终于找到了自己要做的事情，人生的方向明朗了，剩下的就是自己努力朝着目标前进，为那件喜欢的事情做准备。我很替她高兴，也很羡慕她，因为能找到今生要做的那件事是不容易的，她那么年轻就已经找到了，真好。

　　对于我来说，现在能够悟出"一生只为一件事而来"的道理，也很高兴。至少不会苛责自己浪费了多少光阴，在迷茫的路上徘徊了多久，因为我懂得，人生就是不断寻找自己的过程。雪一直停留在高空，不是它想要的状态，降落在人间，才是它希望展现的美丽。

　　回到房间后，我烧了一壶热水，倒了一杯茶，在自己喜欢的书上写下了"一切可期，只为你而来"。

　　嗯，我这一生只为你而来。

夏味渐盛，小满未满

当五月的榴花开在枝间，阳光带着热气照得湖面波光粼粼的时候，夏日的味道浓了，小满也就到了。

二十四节气里，小暑之后有大暑，小雪之后有大雪，小寒之后有大寒。但小满之后，没有大满。古人有句俗语："满招损，谦受益"，做人不能太满，太多太过都不好。小满，将满未满，一切刚到好处。小满，是人生最好的状态。

我喜欢小满，有着小小的期待，有着小小的满足。年少时，在书店遇到一位留着长发的大叔，他喜欢坐在靠窗的位置，安静地看书。我迷恋他忧郁的神情，常常拿着书远远地看着他，想象着他身上可能发生的故事。那时候懵懵懂懂，总觉得那位大叔一定深深爱过一位美丽的女子，但倾尽了自己的心，却未能圆满，所以才会那么哀伤。

日子久了，少女羞涩欢喜的心，其实是藏不住的，我浑然不知自己竟有一天坐在了大叔的邻座。那天，阳光很充足，洒在大叔的脸庞上有着好看的晕色，却没有那种灼热感。我望着他，十分满足地享受着午后时光，喜欢着他手指摩挲着书页的小动作，连他看的那本蒋勋的《孤独六讲》都觉得亲切。

天色将晚，大叔合上书起身离开时，朝我点头微笑示意。我的心就如花开了般，一直期待看到他忧郁的脸上有笑容，期待他能够再重新爱上一位女子。他的那抹淡淡的笑，给了我小小的满足，小小的甜，让我不断感受到快乐，虽微小，但持久又令人深刻。

后来，他不再来书店，书店的老板给了我那本他爱看的《孤独六讲》。书里有着小小的书签，上面写着："我们常常容易误会，以为达到了终点的大满，就能释放和满足，可往往物极必反。"书店的老板意味深长地对我说："听说他之前是背包客，四处流浪，经过大理的时候喜欢了一位姑娘，但他还想去看远方，便未停留。一路走，一路想念，现在他要回到大理去了，再也不会来了。"人生需要留白，也需要小满，我听后并没有失望，反而满足地记着他离开前的那个微笑，就像捧在了手心里一样的切实、温暖。

有一段没有走到大圆满的感情，一直留在心里。那是十八岁的青春，我遇上了和五月的榴花一样让人难忘的少年。他干净，单纯，热烈有着真性情，我越靠近他，便越会着迷。我们之间的交往，舒服如天上的云，山间的风，明晃晃的日子充满小确幸，小欢喜。

我们会在阳光晴好的午后，静静地晒太阳；一起看着沉寂很久的石榴花，又亮堂堂地绽放着；以为要等好久的公交车，刚刚到站，我们开心地跳起来……细细回想，我们之间没有刻骨铭心的爱，没有荡气回肠的情，没有痛彻心扉的故事，有的是从一点点小小的欢喜赞叹开始的互相陪伴。

曾想过，若是在得到小满足后，我们更深一步，去追求更大的圆满，结局会如何？会成为此生难舍难分的人？还是成为此生再也不会相见的人？说不好，也说不准。但我们在小满后，没有做更大的期待，而是选择转身，去遇见更多出现在各自生命中的人，把彼此留在了那小小的幸福中，相信在未来的某一天，我们再次遇到会有着小满足和小快乐。

小满之后的夏天，雨水会越来越多，最终在盛夏时呈瓢泼之势。小麦也灌浆饱满，鼓起圆滚滚的小肚，在一天天炎热的天气里变得成熟，之后农民们便开始了收割。那时候大家是忙碌的，是烦累的，往往心力不足，无暇体会那切实存在的欢喜和幸福。

无论是时节，还是感情或者是人生，小满的状态是刚刚好的。因为还有空间和余地，我们是在"不会停下"的意味里。天地间的万物，还在不停地生长，不停地精进，不停地成熟。我们的感情还没满，还有更多的甜蜜，可寻到许许多多的开心。人生亦是如此，小而满足，时刻有着期待，去完善自己，去成长。

往后余生，愿你我生活小满，内心小满，诸事小满。

寒风凛冽

　　本可以同别人一起走，路上说说话，少点寂寞。

　　但我还是选择一个人回去，骑着单车，穿过夜晚车水马龙的街道，感受繁华城市下的清醒。分别时，朋友斩钉截铁地说："你这样骑回去，肯定会被冻坏的。"我笑了笑，指着脖子上的围巾和他道别。

　　冬季不冷，那不是冬季。早上看到友人发的动态：一九的第六天，冷风拂面，能闻到飞雪即来的味道。越来越沉默，甘心埋首在厨房中熬煮人间真味。友人是写文字为生的，她写悲欢离合，也写人间冷暖，总能在她的文字中读到万事变化和无常的感受，孤独又不甘心随流。若是哪天看到她写的尽是欢喜，倒不像她了。该冷的时候，还是要冷的，我接受冬季的寒风，也欣赏孤寂的友人。

　　有人说我孤高，性子里与他人不同。最初听到这样的评价，我很不认同。我咧着嘴大笑，直接告诉他："错了错了，我可随和了，和谁都相处得来。"那时的我，也就十七八岁吧，平日里与同学上下课，一起吃饭、玩耍，虽不是班级活跃分子，但绝不是不合群的人哪。后来为了证明我不孤高，经常和同学们一起打闹嬉戏，想着这下百分百没人说我孤高了吧。

然而，还是有人给出了同样的评价。她是我一位很好的朋友，我问她理由。她说，有些天性是藏不住的，就算把你放在熙攘的菜市场，你也会因为与众不同而被辨认出。有的人站在人群中，背影却是孤单的。我听后，许久不说话。

寒风从耳边吹过，我握紧了车把手，用力地骑着。如今的自己，早就过了要通过大家的热闹来掩饰自己孤独的年纪，也意识到孤高并非全然是一个贬义词。其实每个人都有自己的孤独，没有谁不是独自过冬。生命的旅程，无论父母、子女还是朋友，都只能陪伴我们一个阶段，许多时候是我们自己在往前走，这并无好坏。

年少的我之所以不愿承认自己的孤独和高冷，是因为那时还没有看到内心对清静的喜爱。一直以来，我都不喜欢看娱乐节目，总是不适应那么多人吵吵闹闹，嘻哈到让我觉得烦。朋友笑话我，哪里像个90后，娱乐明星没几个认识，和我总没有话题。在她眼里，我是个老年人的状态，用钢笔写字，晚上在泛黄的灯下看书，有时望着天空发呆。明明很年轻，却一副苍老的姿态，没有活力，不够肆意。

我呢，倒也不去辩解了。仿佛真是老了般，喜欢安静，喜欢清冷的事物。愈发觉得人生越简单越好，不去想荣耀，也不要太多光芒，一个人默默地看着人世间的繁荣和枯败。别人说什么就让他说什么吧，我有自己的生活和状态，再也不会假装活跃，做无谓的掩饰。适合待在书店的人，怎么会受得了酒会迷幻的灯光呢？

其实一个人骑车回去，并没有看上去的那么孤独。抬头看夜空，有白云一团又一团，与白天一样飘浮着。月亮也分外明亮，它照着光秃秃的梧桐树，也照着梧桐树下骑车的我。寒风凛冽，内心素淡，与冬夜无声对话着，剥去缠裹着自己的世俗，才发现自己到底喜爱怎样的生活。

回到小区时，双手捧住自己的脸，手是冷的，脸也是冷的，却对着那棵依旧青翠的雪松笑了。世人眼里，它不怕严寒，坚强着呢。"岁寒，然后知松柏之后凋也"，它可是等雪到来的植物。而在我眼里，它是孤独又清高的，没有其他绿植陪伴它过冬，它也无需其他树木与它一同清醒。待到春日，万物复苏，它也还依旧绿着，不去争热闹，亦不改本色。我喜欢这样的树，不被外界影响，时刻都清楚自己要的是什么，怎么坚持自我。

回到屋子里，室友哆嗦着说："好冷好冷，该死的零下温度。"是的，很冷很冷，我也哆嗦。我把冬夜的寒风都带进了房间，把寒风中的感悟放进了笔记本里，忽然发觉，身子一点点暖起来了。

笔记本上最后一句话，我写着：寒风凛冽，你会独自前行吗？

天上月

一直以来，都很喜欢天上月。

十七岁那年，我在张爱玲的《倾城之恋》中读过这样一段话："海中月是天上月，眼前人是心上人。向来心是看客心，奈何人是剧中人。"虽不曾有眼前人是心上人的欢喜，也不懂奈何人是剧中人的悲哀，但莫名地喜欢上了"天上月"这个词。

天上月是什么？是王维的"深林人不知，明月来相照"；是李白的"举头望明月，低头思故乡"；是白居易的"东船西舫悄无言，唯见江心秋月白"；是袁枚的"吹灯窗更明，月照一天雪"……自古以来，描写月的诗句不胜枚举，寄情于月的人更是多如星辰。

我喜欢的天上月，并非是流传在诗句中的月，而是陪伴我走过悠悠时光的那轮天上月。它有它的淡薄，它有它的明亮，它有它的柔和，它亦有它的寂寞，它一直在天上。无论我在何方，只要抬头见月，我内心就会趋于平和，哦，至少月还在天上。

下班骑车回家的路上，看到天上的月已半圆，分外明亮。夜空很干净，云是干净的，月也是干净的，落在我身上的月光更是不染俗尘。我吹着晚风，在只剩零星叶子的梧桐树下骑着车，身旁的往来车辆喧嚣得很，但我的内心却十分安静。我在想，我的心里应该是有些什么的，无关爱情，无关岁月，无关疼痛和甜蜜，只有一点点的寂寞，一点点的风声，一点点月下独自的情愫……

不由得想起幼时，一个人睡在房间里，四周是冷冰冰的水泥墙，小小的人儿蜷在被窝里，怎么都睡不着。所幸的是可以透过窗户去看外面的月，月光照进屋子，亮堂堂的，自己也就不害怕了。母亲说，原以为让我一人睡，我会哭闹不肯，不曾想我一直都安安静静。她不知道，天上月多么柔情地看着我入眠，倾听了多少我的心声。

读书时，作业繁多，我时常在灯下做功课到很晚。万物静籁的夜晚，我经常感到孤独、疲倦，想要趴下睡觉时，抬头望见天上的月亦是孤零零的。然而它的银辉，无声无息地照耀着大地，也无形中给我力量，让我坚持下去。夜凉如水，困意浓浓，求学用功的心总是容易被动摇，但只要望见天上的那轮明月，我便知道世间总有事物是要经历孤独的时光，才能拥有它自己的光芒。若是有群星陪伴，月还能那么亮吗？有些路，就是要自己一个人走，坚定不移地走下去。

当然，也有和别人一起赏月的时候。那时真是年轻啊，就穿着一件白色薄外套，和刚认识的少年踩着单车去金鸡湖赏月。两人不知骑了多久，从风花雪月聊到柴米油盐，终于到了湖边，看到了盈盈如水的月，都不说话。看着天上月，看着水中月，风吹起衣衫，内心清凉，彼此都不问对方心思，只是单单地看着月。站的时间久了，发觉有点凉，发觉夜深了，两人便又踩着单车回去了，一路上说笑着，扯着上下五千年，唯独未谈到月。

当时怎么就约着赏月了呢？现在已经想不起缘由，少年的模样也模糊了，但穿着白外套和少年站在月下的自己，却越来越清晰。记忆苍茫，那些瘦而清绝的记忆永远清新，我始终记得当时的月是不由分说的圆和亮，当时的自己是毋庸置疑的清澈和勇敢。美好，其实是特别稀疏的事物，所以我才忘不掉那一晚的天上月吧。

从前在家乡，喜欢在旷野里望月，尤其是在秋天的时候。家乡有大片的稻田，有高瘦的水杉树，有带着稻香的清风，有蝉鸣有蛙叫，真应了那句"明月别枝惊鹊，清风半夜鸣蝉"。而我就站在田野里，任风吹着，独自感受着自然的气息。那时并不懂"如花在野，如玉在身"，只觉朗朗的月是美的，清寂的时光是美的，秋天的万物都有着不可言说的韵味。那一切吸引着我，成了我人生中好光阴的一部分。

如今在他乡，再也没有那么大的旷野，只能在高楼大厦的空隙中望月。小小的窗户，有时可以看到一整个月亮，有时却只能看见半个月亮。有天夜晚，难得看到一轮满月，于是我欢喜地喊着室友一起看，她不解有何值得开心的。我一时失落，城市里能望见那么亮的满月，多难得呀。后来转念一想，何必失落呢，哪是人人喜爱天上月，哪是人人都知自己分享的那份心情呢？有些曼妙时光，自己珍惜就可以了。

人生的时光悠长，不管内心是否荒凉、孤单，亦不问身旁可有人陪伴，抬头望见那天上月呀，便觉天地光阴，我可以一直一直走下去，走很远。

收梢

　　记忆是一面模糊的镜子，映照着我们艰难跋涉过的岁月。

　　今天是 2018 年的最后一天，嗯，最后一天。我试图将今天过得与众不同，赋予其特殊意义，但直到此刻，它其实和任何逝去的一天没有什么不同。同样只有二十四小时，同样失而不再，同样宝贵又容易被浪费。

　　2017 年的最后一天，朋友从苏州过来看我。我们一起逛了城隍庙，在吾同书局里看书，在公园里拍照，在街边买冰糖葫芦……人生中第一次有人从他处而来只为一起跨年，我们一起看电影，做温暖的家常菜，走熙攘的长街，彼此祝福新的一年可以收获满满、万事顺遂。真的把最后一天，过成一年之中意义非凡的一天。

　　然而我们满怀期待和希望的今年，并没有让我们如意。两个刚毕业的小姑娘，在无比现实的社会中，稚嫩得一塌糊涂。一年中，我们隔一段时间就会陷入迷茫、焦虑、无助和懊悔中，挣扎的时光没有由头的多。年轻，不再是我们引以为豪的资本，反而成了我们想尽快摆脱的梦魇。原以为，只有我们混得不好，别人都风生水起。后来才知道，这一年里失魂落魄的人多了去，我们的经历根本算不了什么。

因而，今天的我并没有许下特别的心愿，也没有很期待新的一年。明白"光阴是一张最粗粝的砂纸，一下一下打磨着曾经的激情"不是一瞬间的事，但也绝花不了多久的时间。晚上问一位朋友有没有参加跨年演唱会，他说没有，只是约了两个朋友一起吃饭，聊着天。在我印象中，他应该是在热闹非凡的音乐喷泉、震撼人心的跨年晚会上，肆意呐喊着的少年。可是他平静地告诉我："老了，嗨不动了。"

原来，旺盛的生命力也抵不过岁月，张扬如你我，皆留在了过去。我们开始喜欢安静，喜欢简单，站在窗前看着外面飘落的雪，心中把过往默念。看书时，读到这样的一段话：那千回百转慷慨激昂之后，一定是临近了收梢。站在最高的地方，像抛物线，是回落的开始……多么像人生。走到高处，一回头，原来已经到头了。

"收梢"这个词，一下子落在了我心上。我的人生会以什么样的方式收梢呢？我何时会站在高峰，何时会实现自己的梦想呢？我问过自己，但没有答案。有人私信问我，最近的文字都在思考，一直追问内心，是发生什么事情么？他是久未联系的人，但又是比一般人要懂我的人。我告诉他，我们的青春，收梢了。

很仓促，以极其平庸的方式。我曾和他站在高楼眺望远处，如星海的万家灯火闪耀在我们心中，我们总以为自己会轰轰烈烈一场，总以为没什么可以阻挡我们的热情。至今都记得当时我们喝着啤酒，唱着歌，把未来规划得宏伟壮阔。短短一两年，我们都在粗糙的日子里，结束了唯一的青春，悲喜交集。

昨晚和朋友分开后，一个人走在雪花飘落的路上。忽然停住了，想给西安的一位老友打电话，告诉她：下雪了，想你。但是最终没有拨电话，独自望着纷飞的雪，泪流满面。我记得自己在信中写过，要穿大红色的衣服，在大雪天去看她，给她带热乎乎的糖炒栗子。我和她两人靠在一起，剥着栗子听着音乐观雪。写信的时候，坚定不移地相信肯定能够做到，而昨天望着雪的时候，明白此生都不会做到了。

最美好的时光不见了，敢于承诺的年纪也过去了。算是一件好事呢？还是一件令人悲伤的事呢？我也说不上来，只是觉得有点遗憾，那样充满活力、希望、热情的年华应该久一点的。近来有朋友留言，说我温暖的文字曾伴她走过了许多失意的时刻，愿我依旧温暖如初，明媚光彩。那时才知道，我一直以阳光暖人的面貌存在于大多数人的心中，传递希望，传递爱。

我为自己给别人带去的是温暖而高兴，因为有很长一段时间，我以为自己内心的荒凉太肆意，冷了别人的心。还好，并没有。在这许多人狂欢，许多人感慨，许多人安静的最后一夜，我知道自己写的每一个字都是送给自己的，与任何人无关。写，只是我收梢的一种方式，把平凡的今天留在2018年而已。

人间岁月，各自喜悲。新的一年，我们会发生什么，我们会收获、失去什么，不再写下过多的期待，也不再一味害怕彷徨，平静地迎接它的到来。

阳光下，请闭眼

清晨八点半，我裹着围巾，戴着手套，将音乐设置为随机播放，踏出了医院大门。

冬日里，街道上的梧桐树都光秃秃了，行人步履匆忙，店铺也未见几人进出，实在是萧条、寒瑟得很。我望着摇着尾巴，嘴里吐出白气的那条哈巴狗，连它都穿上了厚衣服，不由得将自己脖子上的围巾又绕了一圈。呼吸到的每一口空气，都带着冬天里的寒意，它流入到了我的身体里，于是，全身无一处暖。

迎面走来的，要么是背着书包上学去的学生，要么就是去上班的年轻人，要么就是提着菜篮去买菜的老奶奶……唯独我，是刚刚下班，带着很深的黑眼圈，还有疲惫了的身心。有一瞬间，我觉得自己特狼狈，无力去抵抗这数九的冬天，无法充满活力地走在清晨里。

站在红绿灯的路口，我叹了口气，就算是走了那么点路，也会让我觉得累。绿灯亮起后，我往前走着，发现来路都是人，而和我同方向的却寥寥无几。走了几步，我闭上了眼睛，但还在往前走，心想着要是撞到了别人，就任他骂一句："走路不长眼睛啊！"

然而，当我睁开眼睛，发现自己已经走到了马路当中，并没有碰到任何人，也没有谁指责我。原来，自己想多了。八九点的黄金时刻，大家都在专注地走自己的路，他们会自动避开我，当我是一个寻常走路的人一样避开我。

走过了马路，我顺着街道继续走着。忽然就迷恋起闭着眼睛走路的感觉，尤其是当自己不确定前面的路是否坑洼，是否有车辆穿过的时候，我就那么闭着眼睛站着。那一刻，我能够感受到阳光扑在我脸上，温暖又温柔着，脑海里想到一个词：如沐春风。我沐浴在阳光下，身体里的寒意开始慢慢被击退，冰冻了的心又开始复苏。

过往的人和车辆，与我何干呢？我只是累了，享受片刻冬日阳光的人儿，刹那即美好。天地间有万物，人世间有万事，事物本没错，是我们欲望太多，无暇顾及内心，才多了世事烦扰。闭着眼睛的我，还是能够看见风景，那是平时不能看到的风景。

耳边是啾啾的鸟鸣声，欢快得让我觉得自己是置身在春天的公园里，百花都绽放了，蝶舞翩翩。风从身边吹过，像是夏日里溜冰的孩子，调皮无比，骨子里都是热情。如果是在老家，那便能看到母亲在阳光下晒着被子，外婆眯着眼睛在打盹儿了。

闭眼后，再次睁开眼，去寻刚刚照在脸上的阳光，发现满眼里都是它。摊开手，它就在手心里跳跃。记得之前在读《天才在左疯子在右》的时候，思考过感官有效度的问题。里面的故事是说一个人进行冥想，一周只喝水，吃白馒头，当他决定从一个人的世界再次回到社会前，他会吃事先准备好的苹果。苹果的甘甜会唤醒他沉睡了的感官，他从口齿的留香中品味到的是别人纵使吃了山珍海味也无法识别出的幸福。

很长一段时间，我的感官一直沉睡着。现实里的酸甜苦辣，让我逐渐麻木，识不出美好的味道。阳光下，闭着眼睛去感受，我的感官才苏醒过来，真实有效地存在着。世上有许多事情，是强求和争夺不来的，但阳光对每个人都是公平的，只要你愿意去感受，它就会照射在你身上，并且让你感到温暖。

我将自己在阳光下闭眼的模样拍了下来，暗自笑了。那不是最美丽的照片，也不是最漂亮的容颜，但却是这个冬天我最纯净的瞬间。发在朋友圈后，我继续往回走着，脚步轻盈，带了一身阳光回屋。

醒来，看到同事姐姐发来的照片。那是一张她裹着围巾，穿着大棉袄，闭着眼睛，在阳光下笑着的照片。她说："这个天气，就应该晒太阳。"我一下子就笑了，真的是太美好的照片，太珍贵的片刻，值得收藏。

下一个清晨，你会选择在阳光下，闭上眼睛一会吗？

雨声不知道我

　　立冬后的雨，滴滴都带着寒意，让这个世界以更快的速度进入萧瑟之中。

　　我从医院出来后，走在满是飘落的梧桐叶的道路上，撑着一把旧伞，心里潮湿一片。总是会在雨天伤感，也总是会在雨天想念，把往事从记忆深处抖落出来。

　　打电话回家，妈妈声音嘶哑，仍旧咳嗽着。她说她牙齿痛，痛得太厉害了，头疼，因此白天也睡在家里。我问她为何不去医院看一下，怎么又在忍着呢？她咳嗽了两声，说外面下雨了，实在不愿意折腾，痛过一阵就好些，没关系的。消炎止痛药也吃了，就在家躺着。

　　我听后心里挺难过，想象着她一个人蜷在被窝里，外面雨声不断，她疼痛自熬，身边一个人都没有。我不知道我作为女儿起了点什么作用，徒有安慰。其实一开始听到她虚弱的声音时，我以为她心脏病又发了，很紧张。幸好，她的心脏正常地跳动着，让我稍微心安。

　　记忆深处，有一年寒假在家，也是冬日里的一个雨天，我守在妈妈的床前一夜。那时候的我,还很小,没有任何医学知识,没有处理事情的本事,发现高大能干的妈妈躺在床上,除了害怕,还是害怕。妈妈不愿意被救护车拉到医院,妈妈也不愿意亲戚过来照看,我就傻傻地点头,遵从她的意思。于是,整整一个晚上,我听着持续不断的雨声,趴在妈妈床边,时不时喊喊她,怕她没了。

  雨声不知道,它下得多让人心凉,多让人惊慌。那一晚,我换了好多杯水,但妈妈一口都没有喝。小小的我,一直在心中祈祷着,祈祷雨停下,夜晚快点过去,太阳快点升起,妈妈依旧高大能干。可是,雨却一直下,一直下,把夜拖得很长。第二天,它终于停了,我的眼睛也肿了。

  妈妈恢复后告诉我,她一夜未能入睡,明知我在床边趴着,却无法开口让我上床睡觉,也无法拿条毯子帮我盖一下。雨声不知道,妈妈的心里多么潮湿,多么无奈和心疼。尽管那一晚已经过去多年,但妈妈的歉意和我的恐惧一直都在,每逢阴雨时就如水草肆意生长着。

  毕业后在医院上班,看到许多被病痛折磨的人,我经常感到生命实在是脆弱。多么骄傲的人,一旦病了,心也就被摧残了。有一位老干部,风光一世,权威一生,然而肿瘤轻而易举地就夺走了他的光彩,让他日渐消瘦,眼里没了希望。他最先是会喊痛,会对着身边的人生气,会质疑医生的诊断,但后来,他只是呻吟,只是不讲话,只是选择默认。

  他离开的那一日,天空下着细雨,他一直看着窗外。家人问他看什么,他说他看雨知不知道他要走了。家人强忍着泪水,责怪他瞎说。他却不再说话了,仿佛一切都看开了,真的到了人生尽头,什么也不想要了,什么也不想争了,就听听雨声,够了。

  这样的事情看多了,我也麻木了。可以做到不动声色,按照程序处理,岁月无情,人生就是被摧残的过程。我想我是收敛起感情,习惯了人走茶凉,生老病死。然而,在下雨天还是会不自觉地想到那些人,想着生命可惜，想着人生应该少留遗憾，想着珍惜身边所有的人。

雨"滴答滴答"地打在伞上，我轻叹一声，继续走着。雨声怎么会知道，千千万万的行人中，有这样一个伤感的我？雨声怎么会知道，多少人彻夜未眠，等它停下？雨声怎么会知道，许多生命就在它的点滴中流逝了？它不知道的事情太多了，因为它只管自己下……

朋友说，我是个很温暖也很积极的人。是的，在大多数情况下，我喜欢笑，喜欢阳光，喜欢一切美好的事物。我希望能够传递温暖和爱，我希望每个人都明媚一生，我希望花常开，心开怀。虽然，我的世界也会下雨，也会阴暗，也会寒冷。

而这些年，我最大的成长便是：知道人生的底子是荒凉，却努力从这荒凉里找到喜悦的花。入冬了树叶会凋落，但到了春天新叶又会生长出来。这个世上，没有永远的晴天，也没有永远的雨天。

那么，雨声知道和不知道又有什么关系呢？就让它下吧，到时间了自然会停。

小雪，邂逅自己

昨晚，我正在床上读着雪小禅的书，泛黄的灯光照在清洌的文字上，屋内安静无比。

忽然，窗外传来雨"啪啪"往下落的声音。室友问："还要下雨？这个天已经这么冷了。"我合上书往窗外瞧去，漆黑的夜，什么也看不见。"是应该冷了，毕竟是冬天了。"我答道。

下雨，降温，是冬天所必须要经历的事。我心中估摸着，快要到"小雪"了吧，顺手翻看床头的日历。果真，过了夜就会迎来小雪。小雪，这个节气会让我心生小喜，"小雪气寒而将雪矣，地寒未甚而雪未大也。"将雪未雪，有些寒意，却也有着诗意，稍温和些。

生在南方，我的记忆里从没有小雪时节有雪花飘落的场景，倒是雨出现得比较多。有北方的朋友来南方过冬，总是忍不住埋怨那湿冷的雨，想念朔北干脆、利落的雪。可南方就是这样呢，少有雪，却常常潮湿，让人有几分恼。

入睡前，和远方的朋友说"明日小雪"，他误以为真的会下雪，我心中淡笑。想到另一个老友，同样发过去"明日小雪"，他随即回复"晚来天欲雪，能饮一杯无？"每个人心中的小雪，都是不同的啊。我不再想什么，裹紧被子进入梦乡。

在梦里，我一个人站在雪地里。四处是白茫茫的一片，房屋、树木、道路上皆是雪，空中落的雪却不大，轻盈盈地往下飘着。我伸出手，雪花落在掌心，随即化作了一滴水。有一丝凉，有一点亲切，似乎雪和自己融为一体了。空寂的世界，我可以听见雪落的声音，十分自怡，享受着属于自己的浪漫。

不一定非要和谁一起看雪，和谁走到白头，能和自己邂逅，有一个人的山河岁月，已然要知足。在雪地里起舞，穿着一身要命的红，自顾自地笑出声来，我不会对自己说"不像样"。用银碗去盛雪，走千万里去寻一处的梅花，我不会对自己说"矫情"。用树枝在雪地上写下"拥抱自己"，无声流出眼泪，我不会对自己说"神经病"……有时，只有自己才知自己。

早晨醒来，天已放晴，阳光柔和地照在脸上。我看着窗外的风景，青色的雪松上没有一片雪花，倒是停着一对鹧鸪鸟在抖落着翅膀。看着它们低头亲昵，不一会儿双双飞走，也不知道再次停留在哪棵树上了。我笑盈盈地接了一壶水，烧热后泡了一碗麦片，当作早饭。回忆着梦里的那片雪地，竟不觉寒冷。看来，花开见天见地见光阴，小雪只是一场梦而已。

去上班的路上，我望着路边有些干秃的梧桐树，一时感慨。一年又一年，它们还在那里，春绿夏茂，秋枯冬无。幼时，我是个寡言不合群的孩子，最爱一个人蹲在树下捡叶子，每个季节都会捡，春夏秋都能捡到叶子，唯独冬天无法捡到。小伙伴们都笑我傻，空无一物，捡什么呢？我不解释，就算北风呼啸，我每日还是会去梧桐树下看看。在某个下雪的日子，我掌心朝上，捡到了一树的雪花，暗自高兴。谁知道梧桐树会落下那么美丽晶莹的叶子呢?

现在的我,其实不觉得幼时的自己很傻。那个时候的我,与自己相处的时间多,与这个世界安静的事物相伴的时间多,南方少见的每一场雪,我都能听见它落下的声音。真的是干净、自由和纯真,我很想念那时候的自己。

我捡起一片叶子,擦拭干净,夹进书里。恍惚间,那个多年前的小女孩在对着自己笑,告诉我成长必定会不断遗忘、不断记起、不断印在骨里。南方雨水多,但,小雪会放晴,冬天还是会下一场雪的。

其实,我的世界已经下雪了。

心是骑白马的王子

每晚下班走在那条回家的路上,看着路边的梧桐叶随风摇摇晃晃坠下的时候,总是默叹:这季节已经留不住树叶了,就算叶子郁郁葱葱了一夏,还是归于飘零。

我回到住处,打开门,把背包往桌上一扔,换了拖鞋,洗澡洗衣服,然后就睡觉了。第二日早晨,在闹钟中醒来,我刷牙洗脸就上班去了。晚上下班,我又走在那条回家的路上,看着飘落的梧桐叶。日复一日如此循环着生活,我发现自己寻不到生活里的新意,琐碎、单调、无味,但又无法抛弃。

读到马德老师写的话,便禁不住抄了下来。他说:"一辈子,无论多华美的光阴,都要零敲碎打,交给一个又一个琐碎的日子。从华丽到烦琐,再高贵的生命,都得经过这样凡俗的降落。"是么,日子无论好坏,本质上都是单调的么?

之前记不得是哪位朋友和我讨论过《麦田里的守望者》,他说:"如果让我一直守望着那片麦田,我终会在日升月落中厌了那景色,陷入一种虚无境地了。"仔细一想，安逸的生活会让人觉得惬意，但日子久了，重复的光阴是不是我们浪费生命的一种表现呢？

在我十六七岁的时候，心中装满了梦想，长大于我而言是一件十分值得期待的事情。我想走过无数的山川湖泊，大江大海，想谈一场让草木动情的恋爱，想找寻心里面最深的圣地……我想有说走就走，说爱就爱的自由，也会在星光下选择停留，享受诗意的时刻。

可如今的我，真的有些疲惫，在一个没有归属感的城市里过着重复的日子。我知道，这个世界上绝大部分的人都在做着自己不喜欢的事情，困囿于一些现实的因素，把曾经的豪言壮志和未来蓝图亲手变成了一张泛黄的草稿纸。世上也没有绝对美好的工作，若是几十年如一日反复去做，早就没有了起初的欣喜和满足。

可再怎么说，重复的日子不该成为说辞，不该成为罪过，不该成为虚度光阴的借口和理由。一个人，只有自己的身心不在一个频率上，才会对所有的事情都生厌烦，觉得做什么都没劲。心是骑白马的王子，身却是喂白马的农夫，心虽不满，却无可奈何。久而久之，便怪罪于那重复难见新鲜的日子。

年幼的时候，我会被母亲要求和外婆一起折纸钱，折好多好多袋。长长的暑假被这么一件没有花样的事情充斥着，我觉得每天都是无聊的。我想出去玩，想每天睁开眼都有新奇事发生，但没地方去，只好陪着外婆折叠着纸钱。

在我觉得日子枯燥无聊得要命的时候，外婆却面色安详，不急不躁，像是风中挂着的一只风铃。在她脸上会看见平和与幸福，那么索然无味的活儿，为何还能看见喜色？我不懂，托着小脑袋，问她缘由。外婆带着云淡风轻的语气，说着："万物生美，可不都是因为内心愉悦。活了那么久，才知道自己的心情能够左右日子的好坏啊！"

外婆摸着我的小脑袋，轻轻笑着，善意提醒着我："无论做什么，不要因为重复而去敷衍，老了会后悔的。"我似懂非懂地点点头，仍是心猿意马地盼着早日结束折纸钱的活儿。近来再回味外婆的话，咀嚼中逐渐明了。在无聊的心境中，再丰美的生活也会变得毫无生气，可欢愉的心情会让平凡简单的生活，也带着花香气。

如果有一颗自命不凡的心，那就要努力让自己变成骑着白马的王子，去追寻理想中的草原，去遇与之相配的公主。但若是我们只看得见太阳东升西落，季节春荣秋枯，也应知好多东西重复着才是应有的状态。重复着的每天，丝毫不影响阳光让每一寸温暖都不尽相同，季节让每一朵花都开到惊艳无比。

我们唯有忘我耕耘，才不会搪塞了光阴，荒凉了自己，内心不去重复苍白无味，才能每日都是新的欢喜。

我想下一个夜晚，路过梧桐树下，我的心会乘着飘落的梧桐叶去一个大好的山水间，满载着愉悦回到住处，梦里是骑着白马的王子，醒来亦是怀着希望的少年。

像萝卜花一样盛开

这世上，总有人把你放在心上，也总有事物给你希望。

昨晚下班回来后，我头疼得厉害，简单吃了两口饭，随便洗漱了下，便倒在床上睡了。梦里，自己变成了一只瘦弱的鸟，在风里雨里挣扎着飞翔，飞不高也不肯落下。我扑打着湿淋淋的翅膀，孤独、不安和不甘心都被雨水打得支零破碎。

就在自己快坚持不下去的时候，我忽然就醒了，手心里沁着汗。我安慰着自己，不过是梦一场，看了一下手机，已经八点。我起床倒了杯水，看着窗外，天空灰蒙蒙的，似乎是要下一场大雨。难道我的梦是一场预见吗？

我摇着头，叹了一口气，去关厨房的窗户，因为一旦刮风下雨，厨房的碗橱柜子就会被窗外的风吹得摇摇晃晃。关完窗，我下意识地蹲下去打开橱柜，却发现眼前一缕绿色晃动着。天哪，竟然是年前就放着的萝卜生根发芽长出了长长的枝条！更叫人惊奇的是，那孱弱的枝叶上竟缀满了花苞，一副要开得轰轰烈烈的样子。

我小心翼翼地把它从不见天日的橱柜里取出来，放在手里端详着。萝卜的白色根须柔柔地躺在我的手心，下白上青的萝卜身子皱巴巴的，就像是老人的脸千沟万壑，萝卜身子上的绿色叶子亦是生病了一样焉了，只有那直高高的茎满是生机，它托举着那些含苞待放的花朵儿。我想，这只萝卜是把所有的力量都传送给了要开放的花，那是它不肯在寒冷冬天死去、腐烂的原因吧。

我被眼前的萝卜坚强生长的精神所感动了，于是想给它换个好点的生活环境，找来找去，身边只有碗能够让它栖身。把它放在碗里，装上水，摆放在窗户边，静静地看着。忽然间，我的眼泪就顺着脸颊流了下来，一些往事浮现在脑海里。

年前的时候，妈妈托人给我带了一些家里种的蔬菜，有青菜、茼蒿、莴苣、番薯，还有就是几个大萝卜。其实我并不爱吃萝卜，所以当时将它们放在了碗橱里。隔了些日子，我做饭看到萝卜就把它切开了，却发现那是红心萝卜，并非是寻常的白萝卜。那时，我很开心，就像雨后第一次看到彩虹的孩子，欢欣鼓舞，给红心萝卜拍了很多照片，发在了朋友圈。

没想到，妈妈从朋友圈看到后给我打电话，很骄傲地告诉我，那是多脆多甜的萝卜，她种地很成功。我也顺势夸了她几句，说萝卜确实很甜，很可口。原本以为这事就过去了，然而没过多久，妈妈又托人给我送来了几个红心萝卜，并告诉我，她要是知道我喜欢吃，肯定要多种几块地，多给我一些萝卜的。

妈妈就是这样，无论是从我的言语还是从我的眼神或者是朋友圈，但凡知道我喜欢一样东西，总是会想方设法地为我准备好，留给我。她说，她什么也不懂，没有什么本事，能够做的就是给我准备好吃的，给我一个回去就能吃上热腾腾的饭的家。我在外工作，她无法照顾到我，只能托别人帮忙带些吃的给我。

她一遍遍地嘱咐我，要好好吃饭，好好睡觉，不要太累了，不要太拼了。如果在外面受委屈了，难过了，不想坚持下去了，就回家吧。她一直把我放在心尖上，我的喜乐哀愁都牵动着远在家乡的她。记得有一次，我在朋友圈发了条：生病了，真的好难受。朋友圈底下是一些朋友的关心，但妈妈是唯一打电话过来叫我去医院看病的人。

看着那株萝卜，我仿佛看到了自己。明知道在大城市生存下去很难，但我还是不肯放弃，努力坚持着，很累，很渺小，也不知道何时才能看到光明，却一直梦想着可以开出美丽的花来。但萝卜又和我不一样，它已经有了花骨朵，已经要绽放了，而我却常常做着噩梦，在黑暗中醒来。我的梦想之花，还能迎着天空盛开吗？也许，我流泪是觉得自己不如它吧。

忍不住给妈妈打了个电话，告诉她年前的萝卜自己长出花来了。妈妈听后，很高兴地对我说："你看，萝卜离开了大地，离开了阳光雨露，依然能够生长开花，我们人啊，还有什么事情是做不到的呢？"妈妈坚信着，人比任何植物都厉害，植物能克服逆境生长，人自然不会被现实打败。

听完妈妈的话之后，我擦去了眼角的泪痕。是啊，萝卜都能如此坚强，不忘开花，我又怎么能轻易放弃，轻易被打败呢？我一定也会迎来自己绽放的那一天的！

相信过不了多久，我就会在一个晴好的天气里，看到碗里的那株萝卜开着淡粉色的花，在微风中摇曳着，轻诉着它美好的心愿……

第四辑　种下一个梦想

那么暖，那么感动

喜欢丁立梅的文字，已经多年了。

因而，当得知丁立梅老师将在苏州的书展上举行读者见面会的时候，我激动万分。于是，我周六便从上海坐火车前去，带上了一直在看着的《光阴如绣，蔓草生香》。火车上，我翻看着她写的那些带着香气的散文，以及自己阅读时写下的那些感悟，眼睛里湿润润的。

火车缓缓前行着，我回忆着这些年的时光，发觉自己一直被她的文字所温暖着，治愈着。她的笔下，并无惊天动地的大事，也非词句华丽，大多是平凡日子里的小确幸。但就是那样的小欢小喜，小温小暖，小情小爱，小悲小伤，它们让我看到了人间的烟火，看到了真实。让我在成长的路上，坚信"会感动，会去爱，便能生出无数温暖和真情"。

周日，我早早地在苏州博览中心的中心舞台等候着，时间越接近十一点，我的心便跳得越快。其实，在很早之前我便应该有机会与丁立梅老师见面，但一直在错过。当这一次终于不会错过时，我真的是止不住的开心。

当她穿着一袭碎花裙子，扎着两束头发，带着微笑出现在舞台中央时，我听到热烈的掌声响起，到场的所有她的粉丝应该都和我一样，有着雀跃的心情。可是，她却不唤我们为粉丝，开场的第一句话便是："亲爱的大宝贝们，小宝贝们，大家中午好。"在她眼里，我们是如她的孩子一样的存在，是她的宝贝。是宝贝呢，她是那么爱着我们呢。

　　她问我们的第一个问题是："最近你有感动过吗？"当她听到我因为喜欢她，喜欢文字而来苏州见她，与一群文友相遇，被文字所带来的力量所感动时，她笑着告诉我们："要用我们的文字去感动我们的人生。"她是这样写的，她的文字也是这样传达的。

　　尽管只有一个小时的分享，但是对于我来说，真的是受益匪浅。她用亲切的话语，自然的互动，围绕着"感动，热爱和阅读"与我们交流着。她很喜欢写花花草草，喜欢看蓝天白云，喜欢大自然和身边的事物。她的眼里，时刻都有着这世间朴素又动人的美，自然能够写出如阳光般的文字来。

　　她提倡现在的孩子去乡村里走一走，认识何为韭菜，何为大蒜，水稻长什么样子，小麦又是什么样子……在城市的空调房里待着的孩子，永远无法体会看到一朵花开的欣喜，无法感同身受农民的艰辛，无法真切地理解活着的滋味。走进自然，是让孩子有一颗会热爱的心，有一双善于观察的眼睛，有对生活真实的理解，那么作文就不再是让人头疼的题目，而是顺着心意的一种记录了。

　　有人认为她已经写了四十多部作品，对于写作应该会有写不出来、写到烦躁的时刻。然而她坦率地告诉我们，她从来都是没有压力地写着。反而是写着写着，便会忽然笑起来，写着写着，便会觉得自己很幸福，她的作品写得很轻松。她说，带着一颗敏感热爱的心，将感触写下来，人人都可以天长地久地写下去。热爱不会枯竭，文字便不会枯竭。

　　对于写作，她建议我们要学会阅读。阅读的不仅仅是书，还要是自然和我们的生活。不要急，慢慢读，慢慢爱，慢慢让它们都成为我们的营养，融入到我们的生命中。在写的时候，一定要真实，那样的文字才经得起时间。很多时候，我们不是为了写给别人看，而是为了写给自己看，那么用矫揉做作的文字，何必呢？

我认真地听着她的每句话，记录着，用心体会着。时间在不经意间便流逝了，活动的最后是丁立梅老师为她的宝贝们签名。我排在长长的队伍中，看到有的家长为孩子捧着厚厚的一叠书，孩子手里拿着的是写给梅子老师的明信片，她们无一不是兴奋和欢喜的。我望着她们，早就被感动了，那是看着粉丝团围着当红明星要签名的场面所没有的感动。

梅子老师不光光在我的书上签下了名字，还写下了"你若盛开，蝴蝶自来"八个字。她笑着告诉我，那是她最喜欢的一句话。因为在互动环节，我告诉她自己一直在读她的文章，并且摘抄着，仿写着，希望有一天我的文字也会像她的文字那般给人温暖，给人感动。她鼓励我，一定要写下去，一定会越写越好的。她像亲姐姐一样，和我合照，给我留下了美丽的回忆，让我的心久久不能平静。

书展结束后，同行的朋友们说："今天你真的是要开心死了，见到丁立梅老师，一直都在笑着。"可不是嘛，我一直在笑着，真觉得自己要开心死了。

我知道，我的笑是丁立梅老师带来的。她的人，比她的文字更暖，更让人感动啊！

沉香红,她给了我追梦的翅膀

曾经,我以为自己很渺小,不值得拥有梦想,直到遇见了她——沉香红。

第一次看到这个名字,是2016年在吧啦姐姐的朋友圈,吧啦姐姐写着:认识多年的好姐妹,陕西省作家协会会员,陕西省青年文学协会会员,豆瓣专栏作者,出版《苍凉了绿》《做自己的豪门》,被大家称为"陕西三毛"……吧啦姐姐的推荐语让我想认识那位传奇的女孩儿,于是加了她的微信。

起初也并未多聊,只是看着她的动态。她读书写文章,拜见写作上的大家;她和外国人聊天,提高自己的口语能力;她不辞辛苦,带着自己的儿子生活;她努力负责,开设写作学习班……渐渐地,我发现她不仅仅是长相清美的女孩儿,更是内心有着坚定信念的追梦者,以自己的认真和热情感染学生的老师,和对儿子疼爱但注重教育的妈妈。

就这样,我一直默默关注着沉香红,从自己还是个大学生,到毕业工作成为社会人。工作后,我每天都很忙,人也时常疲惫,伤心难过的时候就会写一些文字来转移注意力。也许是因为自己太年轻，还受不了委屈，工作十分不顺心。就在半夜累到腰酸背痛的时刻，我翻看沉香红的朋友圈和微博，从她的文字里感受到了前所未有的力量。

她少年时代叛逆，沉溺网络游戏，不爱学习。后来被安排进国企做着机械的工作，因为不甘心平庸，后来到非洲工作学习，吃过很多苦，却没有放弃写作，回国后就出书，到高校讲课，影响着许多人。她说，写作是我们每个人平日忙碌生活压榨出来的汁液，有苦辣酸甜各种味道，可是无论你的生活流淌出哪一类汁液，它都是你创作的源泉。

在那个身心俱疲的夜晚，我阅读着她的文字，在心里种下了一个梦想：我要学习写作，成为一个幸福的写作者。后来，我便报名沉香红的写作班，成为了她众多学生中最普通的那一位。也正是因为跟着她学习写作，我们之间开始了交流，我对她的认识和了解也更深了些。

她对学生很负责，教学也很认真。她想要把每一位学生都培养成为作家，写文章发表，写书出版，成为作协会员。她总是在课堂上鼓励大家，要自信，要坚持，要为自己的梦想付出时间和精力，持久写下去。因为写作班有十几岁的学生、五六十的阿姨、带孩子的妈妈、上班族等等不同年龄、身份的人，大家的写作水平也参差不齐，所以她从文学创作的基础知识开始教起，一点点耐心地带着大家在写作路上前进。

她告诉我们何为文章的主题，怎么利用素材写作，文章的结构是什么；她以各种文章为例子，让我们分辨记叙文、议论文和说明文；教授我们散文写作的技巧，哲理散文、抒情散文、写景散文和叙事散文的特点；推荐适合我们学习的作家的作品，让我们抄写、模仿……很多人都是在她这里学习到了校园老师没有教过的内容，十分感谢成为她的学生。

对我而言，沉香红不单单是教授了我写作上的知识，更是给了我追梦的翅膀，让我勇敢地飞翔。我一直是循规蹈矩的孩子，上学时语文成绩很好，但还是学的理科，大学又学的医学，工作也在医院里。虽然并不喜欢医院的环境，但是没有勇气离开，家里人也不同意我离开那么好的单位。很长一段时间里，我都想着，这辈子就那么庸庸碌碌地过着吧，梦想不是我值得拥有的。

但后来在沉香红的文章里读到："追梦的人，无论你的梦想是什么，在梦想不能带你起飞的时候，千万不要带着梦想私奔。亲人之所以不支持、鼓励，是你没有让他们看到曙光。有朝一日你能够成功实现梦想，一切阻碍回头去看，都是让你坚持奔跑的动力。"看完这段话，我下定决心，安心工作的同时好好学习写作，认真写作，让家人和朋友看到我身上的希望，支持我去实现梦想。

之后的时间里，不管有多忙、多累，我都会抽出时间来看书，写文章，充实自己，锻炼自己的文笔。沉香红老师的点评课，我也积极地交作业，根据老师的意见去修改文章，努力去提升自己。有时候看着别人写出优秀的文章，发表在各种杂志和网络平台，而自己的文章却依然不出色，我也会很落寞和失望，不知道自己何时才能写出精彩的文章来。

在我低沉的日子里，我点评课上交的一篇文章得到了沉香红老师的肯定，并且让班上同学一起学习那篇文章。课后，她私聊我，称赞我的抒情散文写得好，鼓励我把文章整理出来，将来可以出版。她还邀请我参加她的新锐作家散文班，说我是写散文的好苗子，不要放弃，好好写下去。虽然因为那段时间母亲要手术，我没有多余的钱可以参加散文班了，但是沉香红老师那时的鼓励和认可，是我坚持下去的动力，也是我灰暗时候的光芒。

现在，我养成了每日读书的习惯，空余时间学习、写作，也在自己的努力下发表文章，收到稿费。尽管离作家的梦还很远，但我相信只要自己不放弃写作，满怀着热情写下去，我会迎来自己的春暖花开。

真的很感谢遇见沉香红，感谢她给了我追梦的翅膀，让我勇敢地飞翔在属于自己的天空中。未来可期，我一定可以。

种下一个梦想

　　我妈要在明年扩种两亩香菜。

　　电话里，她兴致冲冲地告诉我，明年一定要把屋后的两亩地都种上香菜。按照今年的情势，算一算要卖好多钱嘞。到时候自己就发财了。

　　我听着笑了，就算家中所有的地都种上香菜，又能赚多少钱？今年香菜行情好，明年可就不一定了，妈妈真的是天真得可爱。但既然她高兴，我也不好泼她冷水，也乐呵呵地问她发了财要干什么呢？

　　妈妈开始了尽情地想象和描绘。先是置办种田播种的用具，然后囤点化肥，还有的钱可以自己买点豆腐和百叶，路过卖馒头的人也可以向他买两个……她说的都是日常生活中的小事，算不上是多大的心愿，在我们眼里是很好满足的。

　　其实我很不喜欢香菜，不喜欢吃，也不喜欢碰。小时候，常常帮妈妈干些农活，但是因为自己受不了香菜的味道，所以每次妈妈择香菜时都会避开。印象里，那时香菜是不值钱的，村子里也没人种它，妈妈也不过是用它来拌海蜇吃。然而，万物都在变，从前很便宜的香菜，现在居然身价翻了几番，大家都宝贝着它呢。

  我妈也是看着村子里的其他人种，卖了好价钱，才发觉是个好机会，自己也开始种起来。香菜的生长周期很短，有时候大半个月就能收获了。贵的时候四五块一斤，再不济一块钱一斤是要的，妈妈下半年才开始种，竟然也攒下了千把块钱。用妈妈的话来说，那巴掌大的地方都能这么有出息，多亏了种香菜，明年多种几块地，钱包肯定鼓鼓的。

  我忽然很羡慕妈妈了。一年四季，春种秋收，忙忙碌碌，她的心里从不落空。种的是地，种的也是自己的梦想。别人或许看不出她的希望，只觉得她日复一日，年复一年在做着普通又繁琐的农活，但是她也是靠心中的梦想在支撑着。

  毕业后有一段时间，我很迷茫，也很颓废。因为处在最低的位置，做着没有技术含量的事情，卖着自己廉价的劳动力，从早到晚都觉得时间被浪费掉了。和妈妈打电话的时候，免不了要抱怨几句，说些丧气的话。没有想从妈妈那儿得到多少安慰，只是单纯觉得日子很苦，想找个人倾诉一下。

  妈妈确实想不到什么温暖的话给我安慰，只是用质朴的语言给我讲了她小时候的故事。她的童年，读书不是重要的事，帮家里干活儿才是重要的事情。她常常和小伙伴们约着去挑猪草，满山坡地跑，青山绿地，他们很快乐。那时候她的梦想就是每天都能有人帮她挑好一篮子的猪草，这样她就能无所顾虑地玩耍了。

  我轻笑妈妈，那算什么梦想？妈妈反问我，那什么才算梦想？孩童时候，能够每天无忧无虑地玩就是梦想啊，长大后能够工作，好好地生活，也是梦想啊。过去的日子那么苦，可大家还是有欢声笑语，可不是因为心中有着梦想在嘛，才能活得那么枝繁叶茂，生机勃勃。

  细细一想，妈妈说的有道理。现在的我们，不知道从何时就丢了梦想，丧失了热情、期待和憧憬，在时光里沉沦着。眼中没有熠熠的光彩，身上多的是疲惫，走一步叹一步，日子渐渐乏味，人怎么会不低迷呢？

　　妈妈是平凡的人，她想要的很简单，但谁也不能说她没有梦想。她每一季都种下希望，有时菜会卖得很好，她就很高兴，但是有时菜连本钱都收不回来，她也很落寞。可她就因为心中始终有那么个梦想，把热情都注进了日子里，活色生香着每一寸光阴。

　　是时候该重新拾起我们的梦想了，在自己的心上种点什么才是。种点花、种棵树，哪怕种点草都行，总之不要让它荒芜就行。就像我的妈妈一样，她想要多种点香菜，多赚一些钱，想买什么就能买什么，多好。

　　当我们种下一个梦想时，会发现生活中有许多明媚的时刻，日子也充满着希望和奔头。所有的美好，都来日可期。

抬起头，迎来自己的日月星辰

这个春天，天气反复无常得很厉害。有时是连绵的阴雨，有时是凄冷的大风，有的地方还飘起了四月雪。当然，该绿的树还是绿了，该开的花还是开了，火红的木棉花在枝头绚烂无比，向这个世界证明着自己。

就是在这样的时节，我看了去年上映的青春校园电影——《悲伤逆流成河》。当看到电影里易遥跳河前，悲愤地质问一群观看的同学的画面时，我默默按下了暂停键。委屈、绝望、愤怒交杂在那年轻的面孔上，我的心沉沉的，悲伤成为了我无法控制的情绪。

曾经的灰暗记忆，一下子如海水涌上来，咸咸的。初中时候的我，虽然成绩不错，但胖乎乎的，黑黑的，是十分典型的农村土姑娘。班级上的其他女生，穿着好看的长裙，戴着漂亮的发夹，谈论着钢琴曲，使用着智能手机，我插不上话，一个人像灰姑娘躲在角落里。

其实，一直做个透明人也不错，大家不会关注到我，自然也不会知道我的自卑和贫穷。可是，我无意参加的全市的征文比赛拿到了一等奖，班主任很高兴地在班级上分享这个好消息，让同学们多向我学习，多与我交流。当那些穿着光鲜亮丽的同学们，齐刷刷地把目光投向我身上的时候，我惶恐不安，脸红着低下了头。

　　同学们因为班主任经常朗诵我的作文，越来越关注我，课间讨论我的话题也变得多起来。从一开始对我的好奇，到后面熟知我的吃喝住行、家庭背景，观望的同学开始行动起来。我会在走路的时候被绊倒，然后大家哄堂大笑；我的作业本上会被男生恶作剧撒上墨水，但是我再生气也不敢找对方理论；宿舍里的女生，会在我洗衣服的时候冷嘲热讽，说我的衣服还不如她们家的宠物狗穿的衣服……我受到了来自同学们的恶意，不管是言语还是行为，是有心还是无意，都让我一度悲伤、痛苦不已。

　　我不知道自己哪里做错了，胖是我的错吗？家境不好是我的错吗？安安静静地学习是我的错吗？为何大家要关注我，欺负我呢？我想过回击，但在《学校2015》上看到一句话：以暴制暴，是弱者的行为。我做不到"以暴制暴"，但也是个不折不扣的弱者。我越发地孤僻，常常一个人在操场的角落看书。有时候天色晚了，我也不愿回到教室，晚自修就呆望着黑夜，无穷无尽的黑夜让我觉得自己不属于这个丰富多彩的世界。

　　这样的日子持续了半学期，直到某一晚上，班主任在操场边发现了我。她从我背后轻轻唤我，然后坐到我身边，问我在看什么？我默默低下头不说话。她也沉默了一会儿，然后告诉我："上帝有时候是会给我们安排一些障碍、磨难，那是考验我们的意志呢。磨难虽然不幸，但是它也能成就人哦。也许你的外表不好看，家境不如其他人好，但是你对文字很敏感，我还没发现班上有人比你更能驾驭文字的呢……"

　　在那个晚上，年过半百的班主任说出来的话，就像是一股春风吹进了我心里，让那些瑟瑟发抖的花得到了温暖，想要迎接春天绽放开来。她教导我，要憋一口气，不要在乎别人的目光和嘲讽，用知识拯救自己，改变自己的人生，在自己的世界里春暖花开。我至今忘不了，那晚漫天的星星在闪烁，让我相信自己的身上也有着独特的光亮。

　　后来，我把所有的时间和心思都放在了学习上，不去理会那些故意伤害。遇到很过分的情况，就向老师寻求帮助，同时敞开自己的心扉，融入到同学们当中。我的好，我的真诚，逐渐吸引了一些关心自己的朋友，让我的读书生涯有了欢声笑语。

　　现在的我，经受了当时的考验，已经迎来了自己的美丽生活。人生需要努力，充满自信，不卑不亢地面对一切，走自己的路，读自己喜欢的书，赏自己的花。我们抬起头，走着走着，就会迎来自己的日月星辰。

向前走吧，年少的梦想终将实现

父亲打电话说要来时，正是盛夏的中午。火辣辣的太阳照得万物低垂，失去了生机，我无精打采地走在滚烫的沥青马路上。

在我辞职后有些失意的此刻，并不太想要父亲来看望。因为我知道，父亲会再次说起我已经辞去的医院里的工作，在他眼里，那是稳定又体面的好工作，别人争先恐后想要拥有。而我，为了一个虚无缥缈的文学梦，竟义无反顾地辞职了，他十分不解。

年少时的我就很喜爱文字，享受文章刊印在杂志上的成就感，希望可以用一支笔写出生活百态和人生哲理。而医院繁忙的工作让我身心俱疲，没有时间和精力用来写作。父亲不接受我的这些理由，他三番五次相劝无果，最后选择了沉默。

"丫头，你发啥呆呢？"父亲的声音从五米外传来，将思绪万千的我拉回现实。我抬头看着父亲，他背着一个蛇皮袋，穿着泛黄的衬衫蹒跚着向我走来。走到我面前时，他把蛇皮袋小心地放下，用满是青筋的手背去擦脸上滚滚落下的汗珠。我递过去面纸，父亲用手推开，"我不要紧，你自己留着用吧。我们找个阴凉的地方坐会儿吧？"

"就坐这儿吧？"我指着苦楝树下的一张长椅，示意父亲坐下。"等等再坐。"父亲拉住了要一下子坐下去的我，解开蛇皮袋，拿出了一条抹布，擦干净了长椅后让我坐下。我站着看年迈的父亲弯下腰认真地替我擦椅子，那份淳朴的爱化作轻风吹拂过我烦闷的心田，感动的泪水在我眼眶里打转。

父亲有些局促地坐下，两只手不知如何摆放，只好叠着灰色的抹布。树上的知了一声声地叫着，天热得人都要化了。"丫头，最近工作可还顺利？"父亲小心翼翼地问我，打破了我们干坐着的尴尬。我抿了抿嘴，不知该如何回答，因为在写作这条路上，我走得并不顺利。领导对我的文章不认可，同事们也轻视理科生，我对自己越来越没信心，开始整夜失眠，不知是否要放弃。

"丫头啊，我觉得你写的文章挺好的。你是个细心，有爱心的好孩子。"父亲见我不回答，忽然特别郑重地看着我说了那句肯定我的话。我怔住了，有些意外。接着，父亲拿出手机翻出了相册，给我看他拍的照片。

竟然，竟然都是我那些发表的文章。我问他，哪里拍的？他憨憨地笑着，说看到就拍下来了。我没有想到父亲会收集我的文章，也没想到他会一字一句地在灯下读，甚至朗诵给母亲听，高兴地在母亲面前说我日后有作为。父亲默默做的那些事情，我是后来从母亲那儿听到的。

"其实我也不懂，我就是随便说说。我觉得你的文章要写些有用的东西，要深刻点，给人启发。你说是不是？"父亲放大了照片，让我去看。"你看看这篇，我感觉结尾可以讲个道理，上面优美的文字已经很多了，总要有些特别的地方，结尾才好看……"不知道是不是之前的我们剑拔弩张了很久，面对父亲憨实又温柔的话语，我的心里流进了一股清凉的水，消去了夏日的烦躁。

123

说着说着，父亲又打开了蛇皮袋，从里面捧出了一个西瓜。他用水果刀切开，递给我一瓣："你母亲说你觉得城市里西瓜卖得贵，舍不得吃。这是我从老家带来的，不贵，很甜的，尝尝。"西瓜是多么重的水果，被父亲千山万水地带过来了，我感动地吃着西瓜，嘴里是甜的，心里更是甜的。

我向父亲坦言，追梦路上很辛苦，我不懂的东西很多，我遭受的质疑很多，愿意帮助我的人寥寥无几，也许过不了多久就要放弃了。父亲听后，郑重地问我："你在写作这条路上刚开始，就这么禁不住打击吗？"

接着，他思虑了一番，告诉我他如何在众多西瓜中挑选了一个成熟的西瓜，如何在大巴车上抱紧那个西瓜，一路上怎么小心翼翼地拎着蛇皮袋护着里面的西瓜。他说，人的梦想有时候就像那个西瓜，既然是自己挑选的，那么就要自己保护，哪怕路上会发生很多状况，自己会很疲惫，也别轻易松手。因为一旦一松手，它就会滚落，摔在路上裂开后会被过往的车碾得稀巴烂。如果不坚定自己的写作梦想，何必当初放弃安稳的工作呢？

"向前走吧，年少的梦想终将实现。我这辈子啊，没啥梦想，二十几岁结婚，后来有了你，打工赚钱养家，一晃就五十多岁了。我很羡慕你啊，还在为梦想而努力，今后你的路要根据自己的心意往前走啊！"父亲说这话时，眼里有着落寞，有着遗憾，亦有着对我的希冀。

父亲离开时，将近傍晚，太阳的热气开始消散，连同我们父女之间的隔阂一起消散了。父亲朴实又真诚的话语，让我重新整理好心情，继续走在追梦的路上。

我会向前走，带着父亲深沉的爱，坚定地去把年少时的梦想实现。多年之后，我和老父亲若坐在一起吃西瓜，定会感谢那个盛夏，那个炎热的午后吧……

梦想遥不可及，我却依然爱它

每一次听都会热泪盈眶的歌，是筷子兄弟唱的《老男孩》。"梦想总是遥不可及，是不是要放弃？"我也曾一遍又一遍问过自己。

2013年的夏天，我结束了炼狱般的高中三年。清楚地记得撤离校园时，大家脸上肆意的笑容，男生不管不顾地从教学楼上把试卷撕碎扔下，女生迫不及待地穿着艳丽的裙子涂着口红，我们似乎一夜之间自由解放了。然而，我心里却有些落寞，离开了奋斗了三年的校园，下一站该去哪里？

我没有想到，我竟然踏上了学医之路。收到大学录取通知书的那一刻，我是惊讶的。不曾记得填报过医学专业，却偏偏被录取了。家人很高兴，因为学医是一件神圣而光荣的事情，是福报三代的好前途。于是，我的整个大学时光充满了人体解剖、内科、外科、妇产科……枯燥又严肃的学科，我们总是被灌输着"你现在不在意的知识点，以后可能就毁了一个鲜活的生命，救人是不能含糊的！"

所有的道理，我都懂。每每从医院实习回来，我总会在学校的情人坡上坐一会儿。情人坡上有来往的学生，有高高挂起的明月，有自由自在的风，还有一个迷茫的我。高中的三年，我只知道要解开数学题，做对英语选择题，写好作文，考上一个好大学就可以。然而，大学里的我，却不知道自己要往哪里努力，治病救人虽然是一件光荣的事情，却不是我喜欢的事情。无论我怎么努力，我都无法爱上给生命垂危的人做CPR，给呼吸窘迫的人插管吸痰，急救时的除颤让我觉得恐惧……不是我做不了医生，而是我不想成为医生。

就在我茫然不知所措的时候，我遇见了写作。最开始的时候，在空间里写些零碎的感悟，后来在日记本上记录所有的点滴，看累了专业书就去读读诗、看看散文。那些美丽的文字，化身为蝴蝶在飞舞，让我的身心放松、欢愉起来。

依然是要准备难度高的考试，依然是要和满脸愁容的病人接触，依然是要白天黑夜精神紧张，可是心中有了光亮，想要成为一名作家的梦想逐渐长成了一朵花。我把所有空余时间用来读书、写作，给杂志投稿、参加征文比赛，学习着、练习着写作，默默浇灌着心底的梦想之花。

可是啊，梦想总是遥不可及，现实总是残忍。毕业后，我还是进了三甲医院，在复杂的妇产科工作。病区里一天可以收好几个宫颈癌患者，可以做好几台黄体破裂的手术，年纪轻轻的女孩已经有了几次流产史，年迈的老奶奶要切掉自己的子宫……繁忙的工作，冷酷的生老病死冲击着我，让我的生活失去了色彩，我郁郁寡欢起来。

在连续上班大半个月的一个夜晚，我躺在医院的床上，忽然觉得自己的人生很可悲。可悲在于没有为自己活过，从小到大都听话地学习着，听爸妈的话，听老师的话。工作了，还是听爸妈的话，听前辈们的话。什么时候听过我内心的话呢？工作那么不开心，我为何要继续？为了大家眼里的体面，为了那份飘渺的使命感？

在黑暗的日子里，唯有文字是我坚持下去的力量。写下的几十万字的文稿，收到发表文章的杂志，喜欢我文字的网友们，一切因为写作而带来的欢喜，结下的美好的缘分，让我苦不堪言的生活有了一点点的甜，有了新的希望。

那个夜晚，我决定辞职，离开三甲医院。当然，我受到了家人的反对，因为他们实在是难以接受我放弃那么好的医院，放弃那么光明的前途，放弃了自己刻苦了十多年学习的成果。写文章？当作家？别白日做梦了！身边的人，没有支持我去写作的，都觉得那不适合我，成为作家太难，靠写文章养活自己更难，他们料定我之后的人生惨淡无光了。

但我还是一意孤行地辞职了，因为人生苦短，我只想为自己活一回。"青春如同奔流的江河，一去不回来不及道别，只剩下麻木的我没有了当年的热血……"我听着歌，泪流不止。我知道自己不想走过半生，回首皆是血腥和疾苦，我要自己为梦想而热情满满。

离开医院后，我找了一份编辑的工作。从最基础的开始学起，一点点地靠近文字，一点点地积累经验。在陌生的领域，开始的时候是挺难的，不被看好，不被理解，得不到之前医院工作的尊重和薪水，可我心甘情愿。家人还是会在耳边劝我回医院，然而在医院工作的同学却开始敬佩我追梦的勇气，因为不是谁都能跳出泥潭去做自己喜欢的事情的。我渐渐有了底气，渐渐为自己的坚持而庆幸，因为写作让我的脸上有了明媚，让我的心不再荒凉。

我知道，心中的梦想还遥不可及，但我在努力地前行，不管会遇到多少困阻，我依然爱它。我坚信着，让我们热泪盈眶的梦想，总有一天会开出灿烂的花。

一条短信，十个春天

我是因为一本书而认识她的，校园里有"图书漂流"活动，我正好借了她的《追风筝的人》回去看。打开书，里面夹了一张明信片，上面有俊秀的字：为你，千千万万遍。希望拿到书的你，好好爱护它。

读完书自然是要还给她的，明信片上有她留的电话号码，也有QQ号。我想加一个QQ好友，平时还能看看她的动态，能够多了解一下她，因书结缘也挺好的。

简单打过招呼后，联系好见面的时间，将书还给她。我们约在校园里的情人坡，那是大家都喜欢去的地方，相当好认。

为了表示我的谢意，我将书给她的同时，也递给了她一瓶酸奶。她长得很干净，齐肩的头发，眉毛弯弯，眼眸是藏着光亮的。我见她的第一眼，就很喜欢。

起初，她很羞涩，礼貌地接过酸奶后，拿着书的她并没有要多说什么。我提议去情人坡上走走，她低着头，点了点头。

那个夏风吹动香樟叶的傍晚，夕阳的余晖洒在坡上，草青青也很柔软。我问她读了《追风筝的人》有什么感受，想互相交流一下。

她坐在草地上，望向远处的天空。"我羡慕阿米尔少爷，有人为他，千千万万遍。""所以，你想成为阿米尔少爷吗？"我猜想她可能是希望有人为她付出，心甘情愿不为所有。

"只是羡慕罢了，不会想成为他。也不会做哈桑那样的人，太过忠诚，太容易受伤。"她双手抱膝，欲言又止。

我说时光真的是很神奇，在我看来，有哈桑陪伴的童年才是阿米尔最快乐的时候，而明白这个事实已经是阿米尔经历了搬家、战乱、结婚后的多年……是不是，我们都要等到多年后，才明白现在的人是那么值得珍惜呢？

她望着夕阳的眼里有一汪水，想来是一个有故事的姑娘。我不是个擅长言辞的人，但是对于倾听很在行，于是在情人坡上听到了她的故事。

也不是很特别的故事，听完让我有点心疼她，又很佩服她。她来自江西，是家里的第一个孩子，女孩子。很懂事，很乖巧，也很聪明，但偏偏是女孩子。家里人不是讨厌她，但真的是想要一个男孩子，所以出生后的第二年，她就有了一个妹妹。显然，妹妹也不是爸妈想要的，于是妹妹两岁的时候，她有了一个弟弟。

爸妈会将好吃的、有营养的东西给弟弟，而她要照顾妹妹、弟弟，许多本该属于她的宠爱和童年乐趣都被让给了妹妹和弟弟。对于那些，她从来没有抱怨过，也没有争抢过，她觉得作为姐姐，所做的都是应该的。

然而，在读书这件事上，她坚决不让步。爸妈觉得读书的机会应该要留给弟弟，尽管弟弟读书并不好，也应该让男孩子读书，将来有出息。女孩子，识字就可以了，读那么多也没用。迟早要结婚嫁人，生孩子照顾家庭。

她偏不，她喜欢读书，也喜欢文字，她不甘心终身服务于家庭。她太明白，女孩子在她的村庄是多么没有地位，很多女人连村子都没有出去过，就那么老去了。

所以，哪怕是顶着爸妈说再也不认她这个女儿，再也不要她进家门的狠话，她还是毅然决然地带着大学录取通知书坐上了离开的火车。大学两年，没有一个假日她是回家的，她打工赚钱养活自己，学费多半是奖学金和助学金。她倔强着，她认真努力着。

原来如此。怪不得她羡慕阿米尔，又不想成为他。我安静地听完了她的故事，夕阳完全消失不见了，暮色四合。我说请她去食堂吃饭，以感谢她，她婉拒了，说书还在自习室里放着。

看着她的背影，我轻念："为你，千千万万遍。"她是受过苦的女孩儿，在陈旧的观念里，勇敢地追求自己的梦想，很让我佩服。听完了她的故事，我觉得她比我第一眼望见的更好看了。

后来，虽然在同一个校园里，但我们没有再碰到过。彼此忙于彼此的学业，不去刻意约见，哪有那么多的邂逅？我只有在QQ空间里，去知道她的心情。

她发得最多的，还是文字。她的文字，和她的人一样，很干净。没有什么晦涩，也没有什么苦难悲愁，温暖阳光着。她的笔下多是春色，多是映出花容月貌的湖水，多是清风和山谷……她这样的女孩子，真的与众不同，可能不知道她故事的人，只觉得她平凡。

毕业几年后的一个元旦，我忽然想到了她。于是给她发了一条祝福短信，说好姑娘都会光芒万丈，也会被善待的。我想她值得遇到那个为她，千千万万遍的人。

她立马回了电话过来，连声说谢谢。她在电话里很激动，说被人记得和得到祝福，真的很幸福。毕业后的她，还是很少回家。她的心中没有怨恨，但家也只是她的一个家而已。她说，她靠自己，一样可以的。

挂完电话后，她发来了一条信息。只有八个字：一条短信，十个春天。换我被感动了，短短的一条短信，竟让她感受到了十个春天。如此高的评价，真的让我觉得春天就要到了。于是，给那些久未联系的朋友们，发了祝福短信，每一条都是特意发给他们的，而不是群发的。不是每个人都能收到十个春天的幸福，但我的心意都在那一条条的短信里了。

　　如今，我会在特别的日子，给朋友们发一条短信。有的人会回，有的人不会回。我想之所以会坚持使用短信，应该是相信总会有人，为你千千万万遍，相信再孤独得不到支持的时光，都会迎来满园春色。

写给二十四岁的自己

清晨醒来，我轻轻地推开窗，发现雨密密麻麻地下着。楼下长着的雪松，枝丫晃荡荡的，它可以盛住白莹莹的雪，却留不住任何雨滴。

我故意没有关上纱窗，想着这难得休息的日子，出不了门，在家听听雨声，看看书也好。洗漱完的自己，很干净，也很精神。用水壶里的热水，给自己冲了一杯牛奶，桌上还有半包苔菜饼干，简简单单的早餐，对于我来说，刚刚好。

这个下着雨的秋日，更适合我写这封给自己的信。从二十岁开始，每逢生日，我都会选一个安静的时候，给自己写一封长信。而写之前，都会看一眼去年的信，很认真地去读已经过去一年的文字，发现它还是感动了我自己。

当时的我写着："我只想二十三岁的我依旧有内心喜欢的事物，依旧会以年轻的心态去努力生活，依旧会珍惜身边陪伴自己的朋友，依旧会记得'面朝大海，春暖花开'还有'水晶帘动微风起，满架蔷薇一院香'……"

此刻的我，心中仍有着去年喜爱着的事情，会特别珍惜身边的朋友，更是会为那微风吹来的蔷薇香而倾心。短短的一年，发生了许多改变，比如我离开了校园这座象牙塔，比如我踏进了社会这一潭难说清的水，比如我开始了在陌生城市租房子的日子……无论如何，那些必须接受的现实，没有让我丧失了去年的心境，能够保留着的初心还在，怎么能不让我双手合十，感谢过去一年的自己呢？

我想起奥地利诗人里尔克的一段诗："谁此刻没有房子，就不必建造。谁此刻孤独，就永远孤独。就醒来，读书，写长长的信，在林荫路上不停地，徘徊，落叶纷飞。"人生途中，我有着太多的困惑，想要哪怕是片刻的觉醒，但对于孤独总是无法彻悟。

我醒来，读书，写长长的信，看着窗外的雨，还有那些落叶纷飞。在我这个年纪，按理讲是不应该去思考如何在安静中盛享人生的清凉，可我的确不想活成自己不喜欢的模样呀。生性不是张扬和热烈，喜欢的是带有烟火气息的热闹，而不是披着华丽的喧嚣。所以满脑子想的不是如何卓越和成功，如何大富大贵，而是想多接触一些低温的、收敛的人或事，想拥抱平淡背后的饱满，于是很多时候会为了那一份动人的难得而独自安静地走着。

很多人啊，一转身就和所有的人都可以成为陌路。我是一个爱回忆的人，凡是我深爱过的人和事，就算随着时间而离去，但都留在我的记忆里。我会记得翻过的山，渡过的河，走过的街角，小吃店靠窗的位置，奶茶店临街的一张桌，梧桐树下幽暗的一盏灯，被风掀起的伞盖，晚风荡漾下的护城河，夕阳下远眺的背影……有关爱的一切，无声无息地在心底落了根，长成了一棵棵树。不见风吹，却哗哗作响。

随机播放着的音乐放到了《新娘阿花》，阿花还是和家里介绍的阿发在一起了，那个人不是旧爱志明，也不是刻骨铭心的阿忠，但正如歌中所唱："阿花的少女梦就寄存在了昨天了。"不由得想起了母亲电话里说

133

的，老家有个男孩子跟我年纪相仿，可以试试处处朋友。原来二十四岁的我，也到了阿花谈婚论嫁的年龄了啊。

那我后来的故事会发展到没差吗？我不知道，没有想遇到骑着白马的王子，同样也没有想过和相亲时满脸尴尬的人过一辈子。二十四岁的我，还真想象不到四十二岁的我会和谁在一起。那时的我，还会听着潺潺的雨，去写信给已经走过半生的自己吗？

未来总是看不到，连明天都无法知晓，我也不想做过多的计划。端着玻璃杯，我走到了窗口，看见窗沿上栽种的葱已经冒出了新叶。母亲给我带了许多葱果，督促过我好几次，让我找点土种点葱，炒菜时便可以撒上葱花，饭菜做出来的味道才更像家的味道。我总是忘，总是忘，直到看见角落里的葱暗自出了芽，才特地用矿泉水瓶挖了小区桂花树下半瓶的土，将它们种在上一户人留下的花盆里。如今，它长出了新叶，真好。

"少年听雨歌楼上，红烛昏罗帐。壮年听雨客舟中，江阔云低，断雁叫西风。而今听雨僧庐下，鬓已星星也。"每隔一段时间，总会想起这首诗，朋友说我过得太乖太乖，一点都没有"笙箫吹断水云间，重按霓裳歌遍彻"的概念。我想是的，总会在点滴到天明的雨夜里，惜往事忆故人，还真不知道如何沉酣在自己的人生中。

对二十四岁的自己，要许什么样的期望呢？雨在下着，我希望自己可以成为楼下的那棵雪松，不为留不住的雨而落寞，静静等着一年只有一季才会来的雪。干净而不傻缺，不放弃心中喜爱的事情，会懂孤独，也会深爱记忆里的人或物。

不着不急，听雨，写信，看着新生的葱叶，不断与这个烟火的尘世靠近。

希望，在新的一年中

　　立春之后，年就来了。我和爸妈走在乡野的小路上，一起去土地庙上香祈福。

　　阳光很好，清新的空气中带着几分寒意，农田里长着大片绿油油的小麦，微风一波一波地把绿意送到我的眼前。在这新年的第一天，我看着麦田，想到了"希望"这个美好的词汇。

　　村里人有着惯例，初一早上要合家去土地庙上香。故而，我们在土地庙前看到了一家又一家的人，带着扎好的斗香，一串串的鞭炮，虔诚而来。他们焚香，点燃爆竹，在土地公公和土地婆婆面前一跪三叩拜，许下自己的新年愿望。

　　在这一天里，大家都是满脸的笑容，无论看到谁都会热情地打招呼，说着"恭喜发财、心想事成、好运连连"之类的祝福。哪怕是昨日灰头土脸地拆旧瓦房，或是一筹莫展地面对家中欠款，甚至是和家人声嘶力竭地吵过一架，在新年的第一天中，大家把所有不愉快和烦恼误会都放下了，穿着新衣服和和气气地走在春风里。

我喜欢这样的时刻，辞旧迎新，眼前是新的开始，是新的希望。天空干净得像碧海，麻雀从身边飞过，摇着尾巴的小白狗跟着主人跑，小孩子舔着棒棒糖笑……大家一路走，一路谈笑，风景美好得让人心醉。

回到家后，我们一家三口围着桌子吃早餐。红枣汤圆、年糕馒头、红烧猪肉芋头和红烧鱼，简简单单的几样菜里藏着美好的寓意。妈妈笑着夹了一个芋头到我碗里，说我今年一定会遇到好人，在外顺顺利利。我很认真地点头，对，我今年要遇到好人，离那些让我心累的人远点。爸爸吃了几块年糕，真的希望他在新的一年里步步高升呀。当然，我们吃着红枣甜甜蜜蜜，吃着鱼也会"年年有余"。

年少时的我，曾很不屑这种仪式感。那时自命清高，那时也不曾失落，十分勇敢，也十分骄傲，认为自己不需要食物带来的好寓意，自然就能有好运气，万事只要努力就能有好结果。所以只吃自己喜欢吃的，从不在乎妈妈放在食物里的心意。然而当自己撞过南墙，流过泪，受过伤，失落、失望、失意之后，才发现我也需要在新年好好祝福自己，给自己新的动力和希望。于是，我虔诚、谦卑地吃着食物，许下自己的心愿。

下午的阳光很温暖，我和妈妈一起散步。她喜欢看着田里生长的作物，那些青菜、油菜、小麦等都是她的希望，对它们亲切得如同对待自己的孩子般。我是乡野里成长的孩子，自然也是看着那些绿油油的作物欢喜。妈妈说，过去的一年无论好坏都过去了，生活有时候是很难的，但就算是严冬，也还有很多绿色的生命呢。

田野里有着腐败、残倒在地上的白菜，那是去年没有卖出去的心血。可是妈妈看到它们，不再是忧心，而是说要将它们耕进地里作为肥料，然后种上土豆，兴许能长得很好。妈妈的脸上有着明媚的光，有着深切的期望。我相信，这块地今年肯定会有好的收获。

忽而走到一棵开满花的枇杷树旁，妈妈停下来对我说："丫头，你来给枇杷花拍个照吧，多好看。"妈妈捧着雪白的枇杷花，笑得如少女般灿烂，我情不自禁地把那么美好的画面留在镜头里。有时候我会想，为什么日子那么磨人，让我们过得不堪，可我们依旧热爱它，相信它呢？在看到妈妈欣喜地低下头去嗅花香的一刹那，我明白了，因为我们是心怀着希望在生活着，看得见俗世里的好，寻常事物的美。

　　晚上站在阳台上吹风，耳边是此起彼伏的鞭炮声，远处的夜空绽放着绚烂的烟花。我不愿睡去，一个人安静地待了很久。回想过去的一年，有些许不如意，但都随风过去了呢。我知道，在冰封雪冻的寒冬后面，紧跟着绿草如茵、碧波荡漾的温暖春天。这个年之后，我迎来的是盎然生机，是对待生活新的态度。

　　希望，在新的一年中。不断朝前看，不断往前走，热情不被现实浇灭，我相信我会成为自己的希望！

第五辑 四季都会带来故事

借我笑颜灿烂如春天

清晨,骑着单车在街转角那个四方车辆来往不息的红绿灯处,我看见翻修大楼钢筋铁架旁的一棵玉兰树开了一树的花,自己一下子就笑颜灿烂如春天了。

二月末的那些天,我白天在医院上班,晚上在医院上班,见到的大多是病房里脾气暴躁的老太、说话横冲直撞的大爷、面色蜡黄的姑娘、毫无生气的小伙子……社会百态,真实又无奈,我总觉得冬天还如影相随。

梦里,我站在悬崖边,石头在滚落,无处落脚,畏惧到不敢后退,只能任凭山风让自己坠落。梦醒,一身冷汗,去看时间,凌晨三点。明明自己不在意,不在意孤独、不在意寒意、不在意别人的目光,为何又做这样消极的梦?

如此的一人,没有亡命天涯的勇敢,空有庸碌的情怀,遇事则喑哑无言。曾有男生直言:"你太多愁善感了,想太多有何用?"是啊,我的确是多愁善感了,无法洒脱。可他又怎么了解,一个不苟言笑的姑娘,她拥有着天真的性情？

　　一个冬季，我都有关注着路边不知名的树。此刻，它那平凡无奇的花苞开始绽放，像朝着太阳的向日葵，有着明媚的黄色，也有着独特的芳香。我停下车，拔下耳机线，用手触摸那团簇着的小花，寻找角度拍下它们。将照片分享给朋友，朋友说那是"结香"，属灌木类。

　　"结香，结香……"我反复在嘴里吟哦着，真是个好听的名字，真是个结缘的名字。一蹦一跳地走在路上，我开心得像个小孩子。我不知道那些行人是否注意到它的变化，也不知道年前和他人谈及它光秃了一冬，他人是否还记得？不管，不管，我只管自己欢喜。

　　小区里有一处老年人活动中心，每日早晨、傍晚都有老人和小孩在那里锻炼玩耍。平日里，我只顾低头走过，不想看着他们的热闹。三月的第一天，我路过时一阵春风，吹来了让我怦然心动的腊梅香。忍不住，忍不住，我去寻花香何处。

　　原来在高大的广玉兰树下，长着一丛腊梅。它没有开在寒冬腊月，没有开在大雪纷飞，却开在了初春，开在了这三月里。我又是一喜，而且是特喜。笑着跑过去，用力地闻着，想将它的香味久久弥漫在心里，成为忘不了的气味。我蹲着拍照片，对着朝阳，对着那朵朵绽开的花瓣，一束阳光就刚刚好，配这样的清晨。

　　大抵我拍了有时间了，小区里的爷爷奶奶也注意到了，笑呵呵地走过来。"丫头，你拍梅花啊，来，拍这边的，花儿多，密密的，更好看。"他们站在我身后，为我挑选更好的角度。我循着他们指的方向，果真拍出的效果更好。

　　为了留下腊梅美好的画面，我索性跪在了地上。春天里的泥土松软，不似冬天硬邦邦。我仰头，忽然发现那花海恰如星空，让人恍惚，让人心醉。深绿深绿的玉兰树叶成了背景，方寸之地，给我浩瀚之感，是那么的神奇。我无法自抑地流下眼泪，又笑得像个傻子。

我想这就是我，能够身陷在人情冷暖的世态里，做无法自适的梦，寒意生则心灰意冷。可但凡有一朵花开，有一丝新意，我都能借它们让自己笑颜灿烂如春天。我踩在三月里，阳光明媚则心花怒放。

　　敏感的姑娘，事事都敏感。对疲倦的面容，对敷衍的语句，对渐淡的关系。对贴心的问候，对认真的表情，对深刻的欣喜。她知道春天从哪一刻开始，她知道谁愿意借一整个三月给她。

　　如果可以，我想将三月的春天借给你，让你也笑颜灿烂每天。

等夏的风

汀喜欢坐在高高的墙头，等着夏日那一场晚风，吹来舒爽和欢畅，那是最惬意的事情了。

但凡得闲空着的时候，汀都会不顾墙头上长着的狗尾巴草，跳上去坐下来。等着天边热乎乎的太阳落下去，看着暮色里的鸟儿回巢，村子里的人们扛着锄头往家走，野鸭钻进芦苇丛里。她觉得那是村庄最美的时刻，安静又有着生活气息，什么都不需要，就等着晚风来。

只是，她想起了哥哥走之前和她一起坐在墙头给她读过的一段话："你总不喜欢陪我看夏天的锦簇花繁，现在我一个人，慢慢地看，看岁月荏苒，看形只影单，看你消失不见。你总不喜欢陪我等每天的夜黑昼白，现在我一个人，孤独地等，等花谢花开，等春去秋来，等我痴心不再。你总说会回来，和我回到从前，却忽略了时光飞逝，沧海流年，别再说后来，后来我又不在。"

当时的汀才十三岁，也听不大懂这段话里有着怎样的无奈和惋惜，听不出悲伤，也听不出深情，只是觉得哥哥的侧脸在那个太阳还没消失的傍晚，没有了往日的光彩。她想哥哥高兴一点，便跳下了墙头，扯下哥哥的拖鞋就跑，大声喊着："哥啊，来抓我啊，来抓我啊……"

于是，在那个夕阳染红天边云彩的傍晚，十三岁的小姑娘举着四十一码的拖鞋歪歪扭扭地在前面跑着，十八岁的大男孩光着脚避着石子瓦片追着，他们的光影被拉长，又如浮动的水草让人捉摸不到。夏季，就是流许多许多的汗，还是忍不住要跑的季节。

追赶是他们在一起最常见的情景，汀小时候就追着哥哥跑，像跟屁虫一样粘着。哥哥有时无聊会和她玩追赶的游戏，跑一段等一段笑一段，但大多数，哥哥会嫌弃她什么都不会玩，没有意思，总是和比他大一点的孩子玩，不带着她。汀总是忘了生气，照样去追哥哥的脚步。

那个傍晚，她最终被哥哥追上了，乖乖交出了鞋子，转身就往家跑。跑回家拿了水勺舀了一勺水，往追着而来的哥哥身上一泼，然后咧开嘴大笑。"好你个小丫头片子，敢泼你哥，看我怎么收拾你！"哥哥一抹脸上的水，抓住了她胳膊，一副要甩她出去的架势。看她被吓哭的样子，又"噗"一声笑起来，放下她，说："好了，我不欺负你，公平起见，我们各自准备水源和工具，半小时后开始泼水比赛，不管谁先认输都不能告状，怎么样？"

汀当然拍手叫好，炎炎夏日，泼水无疑是最好的游戏方式，重要的是和哥哥会有大把的玩耍时间。全身湿透，跑得筋疲力尽的时候，才是全身最放松的时候，彼此看着大笑，彼此都没有认输。那一刻的欢愉和清凉，汀至今还记着，是夏季里宝贵的记忆。

洗完澡出来和哥哥一起吹着晚风，哥哥给她讲了一个她当时很羡慕的故事。故事里有一对热恋中的男孩和女孩，在十八岁的这个夏季，约好了要一起去青海，看青色的海水，看藏蓝的天空，呼吸远方的空气，圆一个浪迹天涯的梦。女孩儿父母不同意，将女孩儿关在家里，男孩天天去她家楼下徘徊。他们靠着折纸飞机传递消息，夏天就这样一点点走到了尾巴。

汀觉得那是多么美好的一个爱情故事，她长大后也要有那么痴心等在自己窗下的男孩。夏季要越长越好，每天都因为喜欢的人而跳跃着年轻的心，那是青春的模样。十三岁的汀不知道的是，她还是太单纯地相信电视剧里的美好，忘了现实中总会有故事后面无奈的省略。

哥哥就是省略了他已经接受的那一部分，而那一部分在哥哥不打招呼地离开家后，她才得知。原来哥哥是那个故事里的男孩，他和爸妈争吵过要去青海，可是同样遭到了反对，而直接控制他的便是不再给他钱。哥哥每天都会早早去看喜欢的女孩，白天去饭馆端盘子洗碗，天黑前回来，他想攒够了钱，总会和女孩儿去青海。

却在夏天快要结束时，女孩儿在纸飞机上写着：对不起，我要离开这里，去新城市读书了。青海，等到再相逢的时候去吧。哥哥的纸飞机再也没有飞进那个紧闭的窗户，于是不再抱有希望的他才在那天的墙头上讲了那么一段话。

如今，汀已经十八岁了，哥哥自打离家后只在过年时候回家。有时几个月没有消息，有时半年才报一次平安。家里人说过狠话不认他这个儿子，但最终还是接受了他出去闯荡的现实。男孩子，走过的地方越多，才越能够成熟和承担责任，这点在哥哥漂泊的五年里，汀已经看出来了，却心中有着说不出来的遗憾。

这个夏季，汀收到了来自青海的明信片，真的是很青的海，很蓝的天，很美丽的风景，让人心驰神往。她知道那肯定是哥哥寄给她的，除了他，没有人和她提过青海。她又一次跳上墙头，坐在上面看远处的天空，看暮色里的村庄，等晚风吹来的惬意。

汀在心中想：哥哥是等到了和当年那个女生的重逢了吗？还是一个人去兑现了年少时的承诺？一直等不到再和哥哥玩泼水的夏天，自己会遇到那个等风的少年吗？

晚风在村庄最美的时候，轻轻吹来了……

我在春天里等你

　　过了最冷的冬，我在春天里等你。
　　离家那天，正好是雨水，二十四节气中第二个节气。雨淅淅沥沥地下着，空气里都是湿湿的。这场春雨，它打在田野里的青草上，打在家门口的枇杷树上，也打在我抬头望天空的脸上。稍不注意，它就打湿了我的心窝。
　　向来是害怕冬天的寒冷的，一冷便教人沉默，让人打个哆嗦就不敢行动，只想窝着、懒懒地睡上一个冬天。蜷着蜷着，人就少了精神气，于是心中就开始期盼春天早点来，给生命全新的力量。
　　那细密密的雨，一点点渗入泥土里，融开了一冬的孤寂，给大地带来了喜色。大片大片的小麦田，在雨中是那么青翠，满眼里都是生机。让人情不自禁地想起"离离原上草，一岁一枯荣，野火烧不尽，春风吹又生"来。高挑挑的玉兰树，枝干不再光秃秃，上面皆是要舒展开来的绿芽，我抬头望着它，想象着那一树的花开是多么美丽。
　　布谷鸟停在树梢，抖着羽毛，它带来的是春的气息，是活泼、是生动。春来冬走，它们最能嗅到第一丝温暖是从何处来，又会往何处蔓延。

它们跟着春风、春雨，飞在这大江南北，好不快活。

和它们同样有灵气的是那水里的野鸭。"春江水暖鸭先知"，水是冬天的寒还是春天的暖，看河里那渐渐多起来的野鸭就知道了。它们很自在地游着，划出了一圈一圈的涟漪，谁人看了都会想随着它们也在岸上走走。

走着走着，闭塞的心就会通畅，许多生命力会涌进身体里。即便是要离家的心情，也会因那刚好的雨水，刚好的新生绿意，刚好的万物灵动，而生出春回大地、一切欣荣的希望。那一冬的畏惧、蜷缩、懒惰，都随着年一道远去，一旦心田被滋润了，勇敢、行动、勤奋就会生长，让人努力去迎接满园春色。

朋友说过去的一年很多坎坷，总是不顺意，总是世事难料。我写信给她，告诉她："过了最冷的冬，我会在春天里等你。"我们都是离开故乡去他乡打拼的姑娘，自然是很能体会冬天那冷风像巴掌甩在脸上的疼痛，自己总不能够让身心温暖。可是冬日能够有多长呢？过了冬，便是花开的春天了。

有时候苦日子就如那寒瑟的冬天，逼得人走不上前，丧失了奋进的力量。我们不用认输，也不必苛求自己非要往前走，等一等，便能等来一整个春天。如果有人愿意在春天里等着你，那他定是相信你会熬过那段苦日子，积攒好力量，让自己绚烂如花的。

离开家之前，我细细地看着春雨下的家乡，看着身边人的模样，感动冬日已过，一切重新开始。很好，真的很好。母亲的身体恢复得不错，父亲也积极地添置新家电，亲戚间僵硬的关系开始缓和，小孩子奔跑着、打闹着……没有什么不放心，他们都好好的，我只管好好地走便是。

我想，此刻的我，身上拥有足够的能量，可以做那个在春天里等你的人了。

而你，是不是卸去一身的寒气，勇敢地在朝我走来？我们一起看春暖花开。

夏日很长，夏日很短

在我的记忆里，夏日时光是漫长的。

清晨五点，母亲将电风扇的风力调小，把我挂在床沿上的手放回床上，说了一句"这丫头的睡相……"我在迷糊中，感觉到母亲离开了，但在睡梦中不愿醒来。

当我发觉肚子饿时，便揉着眼睛走出房门，站在阳台上，享受着夏日七点多的太阳光照在我的脸上，微微热，亮堂堂。从阳台边上水杉树层叠的叶子缝隙里往东北望，我看到母亲的身影成了水稻田里的一个黑点，隐隐在移动着。

我跑着下楼，刷牙洗脸，掀开锅盖，一阵白粥香扑鼻而来。我踮着脚，从橱柜里拿出一大一小两只碗，盛满粥后，放在小方桌上凉着。接着，我钻到门前的藤架里，去寻能吃的黄瓜。架子上爬满了黄瓜藤、豇豆藤、丝瓜藤、扁豆藤，它们黄色、紫色的花也开满了架，我摘了两根新鲜的黄瓜便往屋里走，任花粉留在头发上。

在夏日，母亲爱起早，趁着天凉干活，她一般会煮好粥，我起床后只需要凉拌黄瓜即可。我看着钟，差不多可以去田间喊母亲回来吃早饭了，于是拿起大大的凉帽戴在头上，走在乡间的小路上。远远的，看见母亲直了直腰，眯着眼望着东方的太阳，我大呼："妈，回家了，回家吃早饭了。"母亲听见声音，头转向我，应了声又弯下腰去。

我走到母亲身旁，嘟着嘴说："我喊你了，怎么还在继续干？不往回走呀？"母亲抬头朝我笑了笑，太阳将她额头的汗照得亮晶晶。"我再干一会儿，你看太阳还没那么烈呢，回去吃完再来，那太阳就不容许我干了。就这一片，杂草拔完就回去哈。"母亲又低下头去，汗珠就顺着脸颊滴到地上，不见了。

我知道母亲的打算，只能找个树荫等着，捡地上的树枝画着圈。知了在树上一个劲儿地叫着，麻雀在我一两米远的地方跳着，蚂蚁在我画的圈里找着出口。一个小孩蹲在地上安静等待的画面，在我十岁之前的记忆里长长久久地存在着，带着暑气，带着风吹来的微弱凉意。

十岁之后的我，会花一整个上午准备着午饭。先是去选田里的紫色茄子、嫩脆的青椒放在篮子里，然后站在板凳上去够藤架高处挂着的丝瓜，最后水盆里浸着土豆……我不急，慢慢准备着，饭熟了，就炒菜，菜熟了，就烧汤。饭菜汤都熟了，太阳就到了头顶上，晒得我脸火辣辣。

我往田间奔去，也不大声喊，只顾跑到母亲身旁，告诉她饭熟了，可以回家吃了。母亲喝着我带过去的水，脸上的汗珠像断了线一样往地上落着。"你这丫头，我还以为你不来喊我呢，这上午的日头怎么就这么长呢！"

母亲和我一前一后，穿过长长的玉米地，往家走着。天很热，玉米叶浓密得很，夏日正午的太阳让我们的影子很短，但却让我们的呼吸声很长。我们快步走着，不敢停留，都希望一步两步，就回到了屋里，吃水井里吊着的甜瓜。

午饭吃完，我开始有大把自由支配的时间。母亲睡午觉，我则看着

149

电视里一整个暑假都在放着的《还珠格格》。偶尔会折个纸飞机，射向邻居哥哥家的阳台，若是纸飞机又飞了回来，我便屁颠屁颠地关了电视，跑过去找邻居哥哥玩。无论是看着邻居哥哥打游戏，还是和邻居哥哥拎着水桶和竹竿去河边钓龙虾，我都很开心。

　　下午的四五个小时，过得很慢很慢，但我从来都不嫌它慢。在我眼里，那不过是家里的猫蜷着睡了一觉的时间，不过是水鸭游出去再游回来的时间，不过是太阳花闭合又绽开的时间，它们都不该很快地过去。倘若很快过去了，那便不是夏日了。

　　二十岁之前的夏夜，依旧是很漫长的。白天的热散去得很慢，母亲和我吃过晚饭后会坐在树下纳凉，一人一把蒲扇，看着天空的星星。我认得银河，我也认得北斗七星，都是母亲指给我看的，和它们有关的故事，也是母亲给我讲的。一年又一年，故事反复了一次又一次，我们还是会摇着扇子，听着水田里的蛙声此起彼伏。

　　可是啊，再长的夏日也会过去，再漫长的岁月也会变成记忆。二十岁之后的时间，变得很快，夏天在朝九晚六里变得很短。如今的夏天，和其他的三季没有多少差别，都是三个月而已。从早到晚，只需要寥寥数字便可描述，当乏味成了夏日的概括词，那么匆匆过去，也没什么可惜了。

　　夏日很长，长在我的前二十年里；夏日很短，短在我的余生里。长久的岁月里，有我，有母亲，往后一生，记忆会是我生命里最宝贵的东西。

听秋雨而落乡思泪

  天气虽未彻底凉透，我们却能够在渐黄渐落的梧桐叶中感受到秋意越来越浓。我撑着伞走在路上，脚踩着那片片落叶，脑中的思绪随之而破碎，许多栖息着的往事就因此被惊起。

  回望，有太多流逝的伤感，那些弥足珍贵的记忆，变得更加让人心生温暖，盼着它能够如同岁月悠长而情深。于是，在这个雨不断下大的夜晚，我读着包利民老师写的思乡文字，愈发想念在家的日子，想借此去治愈自己。

  那时候，还是挺喜欢秋天来一场雨的，尤其是刚刚播种完白菜籽儿，我和母亲一同期待着下雨的日子，雨会去滋润被晒了一夏后干硬的泥土。若是秋雨来得刚刚好，种下去的白菜籽儿很快就会长出菜苗来，在雨中的两瓣新叶翠绿生息着，望着它们就会满怀希望，觉得人生有着无限的可能。

  秋雨里有很多生命都在展示着自己的精彩，活出了属于它们的颜色。家门口的菜圃里，有着一架红一片黄一片的番茄。番茄会在雨中摇晃着，用它们的颜色诱惑着我，我忍不住跑过去采摘，将它们直接吃下去，连清洗都不需要。青椒挂在枝丫上，隐在绿色的叶子中，却有着欲遮还羞的少女心。最大方的是有棱有角长着的秋葵，它不愿藏在大大的叶子里，昂首挺胸地去栉风沐雨，告诉世人它的成熟。那些沉甸甸的紫茄子，早就躺在地上了，不慌张不张扬，安静地等待着被采摘。

有些事物，就算无法避免凋零，也会守住最后的勇敢，出色地离开这一季。墙角的那一株月季，花团簇着，层层花瓣里都住着落下的雨精灵，让人心生怜爱。风稍微大一点，花瓣便会松垮了，它们不会纠缠，不会徒留，干而脆地随风雨而落。那一株月季下有一圈层叠在泥上的花瓣，化作春泥去护下一季的花，才是它们最大的心愿。因此，雨中的它们，坦荡地落，毫不畏惧。

在下雨的日子里，我会和母亲坐在小凳子上，一旁的圆筛子里有着秋天刚收的花生。我们将大的、小的花生区分开来，齐整的花生留着下一季播种，小而有缺陷的花生会被炒熟当小菜吃。雨水顺着屋檐落下，湿漉漉的水泥地，我们母女俩时而望着菜圃里的那些作物，时而盯着筛子里的花生，时而就拱着双手去望着远处，青田中自有旷远和恬静。

印象最深的还是雨后，屋后的那一片白菜田里会站立着一群白鹭，它们增添了田园的风情，仿佛一幅画。我喜欢那样的场面，经常会站在离它们远远的田埂上望着。看着它们雪白的蓑毛，全身的流线型结构，铁色的长喙以及青色的脚，真的如同郭沫若所描绘的一样，它们站立在田里，整个的田便成了一幅嵌在玻璃框里的画面。它们的确是一首精巧的诗，让望着的人都怀有诗意，不去想世间纷扰。

有时站久了，母亲会端着一杯热水递过来，和我絮叨着农事，讲着今年的收成，菜苗的长势，预计着冬季里的收获。在母亲眼里，季节更替里有着荣枯和传递，收一季种一季，希望不会断。田家人的幸福很简单，菜地里有着新鲜的蔬菜，农作物按照时令生长着，能够让全家人吃喝不愁，有些富余便行了。

"空山新雨后，天气晚来秋"，当你站在田埂上呼吸着雨后的清新空气的时候，会自然地喜欢上秋天，那份轻松和自由，干净了自己的灵魂。你不会觉得孤单，不会担心无所依，整个大地都是属于你的，它温润着心灵。可惜，我在远离故土的地方，感受不到那份来自泥土的亲近，失去了田园的清净，总觉得一场秋雨一场寒，分外伤感。

在这个雨声不间歇的夜里，我辗转不能眠，故园的往事历历在目，回忆如潮水般地涌来，填满了心田。故乡的人和物成了我心底最深的眷恋，他们是一场接一场的秋雨中只增不减的温暖，似乎想着想着，心情就会随之明朗，一切不如意都会过去。

我想那份眷恋的深情，会温暖着世事沧桑中太多的日子，会让消失的希望之火再次燃起，所以听见秋雨时，我脑海中浮现的永远是雨中、雨后那片干净的田园。

那年合欢树

一

女人第一次见合欢树，是在六月。

"东风相吐合欢花，落日乌啼相思树"，那是一位爱慕她的少年吟诵给她听的。那年她 20 岁，少年约她游东沙湖，在看过了汀边小花、湖心的莲之后，他们坐在水杉树下歇息。

她抬头望向远处时，忽然惊奇地发现有一棵树上开着粉红色的花，煞是好看。她对少年说，那树上的花像是粉红色的蒲公英，也不知叫什么。

少年顺着她的目光望去，笑着告诉她，那是合欢花。象征着夫妻恩爱、两两相对，他家门口便长了一棵。

"那这是极好的花，我觉着比玫瑰花更能代表爱情的美好，合欢合欢，真的是好，真的是好。"她偏着头，痴痴地望着那棵合欢树，树上那一抹抹淡粉淡粉的花，幻化出爱情最美好的模样。

"也并非一定是极好的，哪有绝对的好呢？"少年悠悠地吟诵出那句诗，夏风吹过，吹来了一丝丝的凉爽，也带着几分的哀愁。

少年问她愿不愿意听一个关于合欢树的故事，她点点头，安静地听其诉说。

二

故事的女主人叫"芸"，她是富家女孩，从小生活无忧，父母无比疼爱。她家有着大大的院子，院子里长了各种或名贵或罕见的花草，还养了一只花猫，因而常见到芸坐在椅子上看书，花猫蜷着身子睡在一旁。

那岁月静好的画面在一个整日东奔西走，蓬头垢面的年轻人眼里，简直是世界上最美好的东西了。他是芸的父亲手下的工人，负责将从外地进的货搬到仓库，而搬运的那条路会经过芸看书的那个院子。每当搬完一批货，大汗淋漓时，他便在院子的外墙边坐下，默默地看着芸和她的花猫。

年轻人不敢和芸有什么交集，因为他自知身份悬殊，喜欢是肯定的，但不说出来也是肯定的。他所能希望的事情，就是自己能默默观望芸的日子长一点，更长一点。

也许是上天有意安排他们相见，才会那么巧合地让花猫跑到年轻人脚边，让他刚把它抱起时就看到了走向他的芸。年轻人惊慌的眼神，让芸觉得很可爱，也如一阵风吹起了她平静心湖上的涟漪。

自那以后，芸很盼望能够看到在院边歇息的年轻人，听他讲形形色色的故事，那些她不可能在院子里看到和接触的人，都在故事里。她喜爱那些故事，也喜爱那个给她带来故事的年轻人。

自然，芸和那个年轻人的故事避免不了世俗。芸的父母不同意她和自己家的工人来往，不仅辞退了年轻人，更是让芸深居闺中。直到郁郁寡欢的芸病倒了，怎么也看不好，父母才意识到"心病还需心药医"，联系年轻人来看芸。

芸见到日日思念的人，喜笑颜开，也逐渐好起来。父母也作了妥协，若是年轻人肯外出打拼，攒到钱买一座带院子的房子，便同意将芸嫁给他。

三

年轻人和芸作别后，带着希望出去打拼，天不亮就起，天黑了还在干活。再苦再累，他都有一个信念支撑着，那便是早日迎娶芸。

芸在年轻人走后，也日日期盼，盼他早日回来。她所有的思念，都寄托在合欢树上。因为他们约定过，合欢树开花的时候，便是他们相见在一起的时候。

芸时常望着合欢树发呆，她忆起初见时花猫跑到年轻人脚下，那时合欢花正是开得特别美的时候。绒绒的花，就那样落在年轻人的头上，她想替他摘去时，刚好撞上了年轻人惊慌的眼神。年轻人不知道的是，那时他眼里的干净，足以让芸一见倾心。

芸喜欢合欢树，是因为它可以让她有和年轻人"死生契阔，与子成说。执子之手，与子偕老"的希望。合欢树朝开暮合，每至黄昏，枝叶互相交结，芸一直在等待着。

等到最后，等到的却是年轻人在搬运货物时意外被砸死的消息。这世间的情，用得太深了，被伤得就太深了。

故事的最后是，芸在过了五年惨淡无光的岁月后，嫁给了父母安排的一位门当户对的人。无关爱情，只不过是适合，芸无人可等，嫁谁都一样罢了。

四

　　女人听完这个故事，遗憾不是一个好结局。少年却对着她淡淡地笑着，说："这并不是这个故事最大的遗憾，最大的遗憾是我的母亲便是芸，而我的父亲用了半生也没办法替代那个年轻人。"

　　女人惊讶地瞪大了眼睛，她不知道该说什么好。少年的母亲将最宝贵的爱给了那个逝去的年轻人，而少年的父亲可能穷尽一生也无法得到爱人的心，对于少年而言，无论从哪方面而言，都是悲伤的。

　　少年起身，朝那棵合欢树走去。站在合欢花下的他，朝着女人招手，唤她过去，笑容竟是比花更让人觉得美好。她走过去，听到了少年在树下对她的轻语："但我是幸福的，母亲教会我对爱情忠贞，而父亲教会我对爱情付出不计回报。"

　　多年后，女人站在合欢树下对我讲这些的时候，她已经为人妻为人母了。望着合欢花开得如云般轻柔，她笑着的脸庞有着经世的幸福。

　　那年的合欢树，那年的少年，那年的故事……

我想慢慢爱你

一

午后的阳光照在黄豆荚上,太过成熟的黄豆"啪啪"地往下落。

我蹲在地上,捡着那些黄豆,一颗又一颗。千秋坐在一旁玩手机,她不愿帮妈妈干这么无聊的活儿。

也许是一集电视剧结束了,千秋在广告间隙看向我:"姐,你怎么还在捡黄豆?不觉得太枯燥了么?"我抬头,有些目眩,阳光实在是好。"得了,你不用说了,我要继续看剧了。"她太沉迷于剧情,不愿为我暂停半会儿,但我还是说了,说给自己听。

"这世间不是所有的事情都可以迅速做完,就好比不是所有的人都能一见钟情啊。慢慢来,不好吗?"我相信,慢有慢的精彩,许多事都急不得。

但千秋不理解,就像她不明白我和夏向为什么没有走到最后一样。

二

千秋比我小三岁，但已经结婚生了小孩。她常常在妈妈耳朵边煽风点火，怂恿妈妈替我安排相亲，好让我早点出嫁。她说，她看不下去我都二十五六岁了，还没谈过恋爱，难不成要做老姑娘吗？

起初，妈妈并不觉得我还像个孩子有什么不好。毕竟，还年轻，多玩几年没什么关系。但听多了千秋的话，她渐渐觉得千秋说得有道理，女孩子，终究是要嫁人，既然要嫁，太晚就挑不到好人家了。

后来，妈妈就开始托亲戚留意适龄的男生，给我物色对象。逢年过节回家，她定会提到村子里比我小的女生，生的孩子是多么好玩。谁家的儿子，长得那是相当帅气，人也很好。某某家女儿也结婚了，婚礼是多么热闹……妈妈把她内心的想法，暴露得很彻底。

我不知道，自己早就成了家里人谈论的话题，结婚成了当下之事，刻不容缓。在他们眼里，人生只要一结婚，就可以大功告成。我只能装作缘分未到，来逃避和他们争论"结婚并非越早越好，结婚也并非遇到一个人过日子就行。"

三

夏向正是亲戚介绍所认识的。加上微信后，夏向便表示出对我极大的兴趣，从早饭吃什么，到睡觉前看什么书，他都一一问过我。我说，认识一个人很快，但了解一个人，需要花很长时间。夏向说，是的，他赞同。

千秋知道，我和夏向一起去看过电影，一起吃过饭，一起逛过街，一起聊过梦想，一起吐槽现状……千秋觉得，我一定会嫁给夏向，因为我们认识一两个月就已经做过这么多事情，互相不讨厌，还有什么不成呢？

但我心中一直清楚，不一定非要嫁给一个人，才跟他在一起谈天说地。慢慢喜欢，慢慢爱上，才是我觉得很稳，很舒服的恋爱。

如果夏向心中也是这么想，或许我们真的可以走到一起，但他没有。

在相处的过程中，我知道夏向不会慢慢了解，我说的无人长街下的圆月；他不会了解我说的人声鼎沸的小吃街；他不会了解我说的故事里老狗趴在门口等主人回家；他不会了解我听到一朵花开内心的激动……

他是赞同我的观点，但他不会那么做。没有真的走进内心，却假装都已经了解，一切水到渠成，一切十拿九稳。在我眼里，他知道得太快，懂得太假。而在他眼里，我放开得太慢，端得太久。其实，彼此都知道，节奏不对，都不是对方对的人。

四

千秋问我，是不是害怕恋爱？如今的社会，认识三天就结婚的人比比皆是，随便谈个恋爱有何不可？

我告诉她，我不是不喜欢恋爱，我只是不喜欢失望而已。

就像遇到夏向，我曾经也期望我们可以共度余生，可以懂各自眼眸里的星光，嘴角的落寞。但最终，我无法拿他的悲喜当作自己的悲喜，无法失去自我，强行跟上他的节奏。我们越来越不快乐，因为他太着急要一个结果了，付出没有回报就收手了。那自然不是我想要的爱情啊！

慢慢爱，不是矫情，也不是做作，只是想看见彼此真实的一面，真的心意相通，三观一致，才能风雪是你，平淡是你，清贫是你，荣华是你啊。爱情，绝不是在孤独的旅程里，你饿了好多天，看见远处的人家冒了炊烟，你去讨了口吃的，就认定那是自己的家。

千秋听后，说我是文艺病，想太多，迟早会耽误自己。

我轻轻一笑，总会有人出现在生命里，不是过客，而是归人。那么，晚一点，只要是爱情，又有什么关系呢？

五

"冬真，太阳要落山了，黄豆捡好了吗？"妈妈走过来问我。

"哦，还有一些呢。"我实话实说。

"没关系，明天还有时间，慢慢来。"妈妈摸着我的头，示意我休息。

于是，我想起妈妈在千秋结婚时和我说的那段话："冬真啊，你不要着急，结婚这件事不要和任何人比，每个人都有自己的时间轴，没有必须要结婚的年纪。慢慢爱上一个人，余生还很长呢。"

嗯，找个时间，我要把这段话再讲给妈妈听。

冬天里的梧桐树

入冬后，梧桐树的叶子落得更加快了，我停下来去看树的时间也更长了。

那排梧桐树，它们长在我上下班必须经过的街道旁，无论我是早上七八点上班，还是晚上八九点下班，它们都安安静静地站在那里。炎热的夏天里，它们的叶子碧绿肥硕，蝉躲在它们的某个枝干上唱歌。渐冷的秋日中，它们的叶子由绿变黄，开始凋落，偶尔会看到麻雀停在树上歇息。

年少时，我喜欢梧桐树，是因为它代表着美好。《诗经》里云："凤凰鸣矣，于彼高冈。梧桐生矣，于彼朝阳。"这四句诗，曾被我摘抄在笔记本上，多么雅的句子。凤凰鸣叫，在那高高的山冈上，梧桐生长，迎着那灿烂的朝阳。凤凰是一种神鸟，只肯栖息在梧桐树上，可见梧桐树的高贵。

如今，我依旧喜欢梧桐树，因为它会让我心静。来上海工作后，我会时不时地烦躁，为那不够维持生活的薪水，也为自己人微言轻。柴瘦的水杉树木质松，易被折断，在乡下常被用来烧火，没有多大的价值。可梧桐树不像水杉树，它材质好，是做琴最好的材料，用其所做之琴奏出的音乐是天上瑶池之乐，所以琴被称为"瑶琴"。于是，它被更多人珍惜着，因为很难得的自身价值。

我日日经过它们，看它们结实遒劲的树干，有棱有角的树叶，生长地很坚定，自己的心就会安静下来。我会用手去触摸它的身躯，感受它的圆润不刺手，它的树皮会剥落，但那正是它特别的地方。天色暗下来的时候，没有树皮的地方会明亮些，更能让我辨明那是我要走的路。

对于冬日里的梧桐树，我总能停住脚步望很久。梧桐叶会随着一阵寒冷的风，从树枝飘落，旋转着，落地。城市里自然是有环卫工人清扫，一片一片都扫进垃圾车里。"叶落归根"，梧桐叶并没有能够回到树根旁，我看着是很伤感。可它们呢，端然庄严得叫我直生敬畏和敬重。不怕失去树叶，也不怕寒风凛冽，属于它的生命脉络，历历可见。

有一天傍晚，我看见一位老爷爷，他拄着拐杖，望着梧桐树很久。我心生好奇，这条路走了那么多次，并没有看见过和自己一样会望树半天的人，于是问道："爷爷，你是在看什么吗？"问之前，犹豫了下，万一他看的不是树呢？

那位爷爷转过头，朝我微笑着，答道："小姑娘，我是在看这棵树呢！"我看见他手里还拿着一片黄了的梧桐叶，便知他对于梧桐树肯定有很深的感情。他踱步到树下的一张长椅，示意我也坐下来。"小姑娘，如果你不忙，不介意我讲个故事给你听吧？"

"那么多的树中，她是最喜爱梧桐树的，练达俊朗，很有安全感，也很激发人向上。一年四季里，她在冬日仰望树的时间最多。她曾说过，冬天里的梧桐树，已经历经了春的萌动，夏的繁茂，秋的斑斓，生命早就不会被风霜雨露所撼动，一树干净的枝丫，是最好的模样。"

"她认识我时，说觉得我身上有梧桐树的气息。是不是特别的形容？

以至于我此生都不会忘记。和我在一起,她的亲朋好友都是不同意的,但她还是嫁给了我。理由很坚定,因为我家门口种了一棵梧桐树,她能够看一年又一年。"

"她去世之前的那个冬日,站在树下,流泪了。她说,岁月的根深流长,就让梧桐继续吧,去生长几百年,去看历史变迁,天地荣枯。她会离开,但梧桐不会。她陪不了我的日后,梧桐树会陪着我。所以啊,我只要看到梧桐树,就会想起她,想起很多时光。"

那个傍晚,爷爷和我分享了很多他们的故事。最后离开时,他满眼深情地望着梧桐树,说和她约定好了来生都做一棵梧桐树。爷爷离开的背影,很像冬日里的梧桐树,不卑不亢,简洁清爽,有着许多传奇,但现已经风云不惊。情深,情浅,都在光阴里了。

不知道上海能否下雪,让我在雪天里也看看那排梧桐树。喜爱梧桐树的人,是因为它代表着美好,还是它的自身价值高,还是因为某个人对梧桐树的偏爱呢?落满雪的梧桐树,应该会让我多一个在树下久站的理由吧。

烟火爱情

梅子打电话给我的时候，我正在菜市场里闲逛着，看着西红柿、土豆、冬瓜，不知道该买哪一样。

问梅子有什么事情么？她先是支支吾吾，后来话题打开了，就基本上都是她在讲话。梅子有些不开心，因为她的男朋友不但没有给她准备生日惊喜，就连她生日这件事都忘了。在两人没有交往之前，梅子的男朋友不仅记得她的生日，连她爸妈的生日都记得，细心体贴到无可挑剔。两人在一起的第一年里，但凡是能说上来的大大小小的节日，梅子都会收到礼物。我们都很羡慕她，找到了既浪漫又爱她的人。

但随着交往时间越来越长，梅子发现她收到的礼物越来越少，过的节日也越来越少，她的失落也就越来越多。梅子说，她也不是爱慕虚荣的女生，其实不需要多贵重的礼物，在乎的是对方的心意。哪有女孩子不希望被爱的人放在心上呢？

我明白，两个人在一起久了，激情会褪去，彼此觉得都很亲近了，不需要讨好对方，自认为感情基础深厚，就算忘了什么节日也不会对两人的关系产生什么改变。梅子的这种失落和不开心，若是和她男朋友说了，吵了，怕是落个"不懂事"的名声更多些。只是，我是一个局外人，除了倾听和劝慰，其实也做不了什么。

挂了电话后，我挑了几个西红柿买下，然后去寻找卖鸡蛋的地方。一个人生活，我喜欢上了简单又方便的方式。西红柿炒鸡蛋，一道我再熟悉不过的菜，不会出现失误，当然也不会有什么惊喜。很规律，也很稳定的日子，对于我来说，挺好。

"姑娘，又来买鸡蛋了啊。这边的草鸡蛋很新，味道不错的，你挑些。"卖鸡蛋的大婶笑盈盈地对我说着，因为我经常来她这儿买鸡蛋，所以我们渐渐就熟悉起来了。"我买七八个就差不多了，咦？怎么不见大叔了呢？"我一边挑着鸡蛋，一边好奇她的老公怎么不在。

"哎呀，那人出去买蛋糕去了，今天是我生日呢。不过是一个普通的生日，过不过都无所谓，回家多炒两个鸡蛋就可以了，他不听呢，非要去买蛋糕，你说是不是特别浪费钱？"大婶嘴上抱怨着，但我听着却感受到了她的开心和满足。平凡夫妻，早就在柴米油盐酱醋茶中将日子过得烟火味十足，浪漫不是鲜花美酒和烛光，多炒两个蛋，执意去买个小蛋糕，就已经是无限浪漫了。

"大叔待你挺好啊，让人羡慕呢。你们今天要早早收摊回去庆祝了吧？"我付完钱，看着大婶在收拾着摊子，乐呵呵的神情很美。"是呢，他年年生日都会给我买个小蛋糕，搞得我像个孩子似的，我都怪不好意思的。他一直很辛苦，我趁今天多炒两个菜，给他补补。"大婶憨憨地笑着，脸上洋溢着幸福。

他们二人是从安徽来的，家中还有两个孩子在家读书，为了孩子可以生活得好一点，他们起早贪黑地忙碌着。平日里，吃喝穿用都比较省，但心底都明亮着，因为夫妻俩齐心为生活打拼，很踏实。他们努力生活的样子，很打动我，让人忍不住要祝福他们。

和大婶挥手作别后，我又买了些茄子、豆腐，心想着这俗世间，有温情在就是美好。老一辈的爱情和如今的小年轻们的爱情不同，他们不会过情人节、不会过"520"，更不会每个节日准备礼物，去讨好对方。但年年彼此的生日，都会记得，被对方放在心上的感觉会让困苦的日子变得甜蜜有希望，那就足够他们走到白头了。

离开菜市场的时候，恰好碰到了买蛋糕回来的大叔，和他打招呼时发现他手里还拿了一朵玫瑰花。我指了指花，他有些不好意思地笑了。那一刻，我看到了烟火里的爱情。我可以猜想到大婶看到玫瑰花时的开心，和她嗔怪大叔浪费钱的表情，想着想着，不禁也笑了。

回到家后，看到梅子发了一条朋友圈，写着"原来时间真的会让爱情褪色，原来我们已不如曾经相爱。"配图是去年生日时，她收到的一大捧的玫瑰花。我没有评论，只是私信发给她一句："生日快乐！"

一个人做饭的时候，我想着自己期待的爱情。不需要每个节日都有惊喜，不必好得叫人羡慕，只盼着在一起后能有安稳的幸福，彼此心中有对方，烟火生活里出现一朵玫瑰花就足够了。

但在爱情来之前，我过好自己这普通又安定的生活，也很不错。

等你的心意

偶然读到一首小诗，名为《等你》，里面有几段很是喜欢，诗里是这样写的：我就站在这里，等你，就像夏日等待秋季。不是孤傲也不孤寂，反正秋天来了，满身红红地等你。

曾经有朋友对我说："往前走，别去做那个原地等待的人，希望着又失望着。"我看着开了一夏季的夹竹桃花，粉红的、乳白的，盛开着的、残败了的，一并入了这渐凉的秋。它们是否在原地等待着谁呢？等了一个夏季还不够，始终在那里，不改初心。

"白茶清欢无别事，我在等风也等你。"如果有一位值得让我等的人，我想我是愿意陪着云陪着风，去等七月流火，八月剥枣，九月授衣，十月蟋蟀入我床下。人生或许是要有一往直前的勇气，往前走会看见更多更美的风景，可走得再远，没有等你的人，没有你要等的人，那是不是徒有孤傲和孤寂？

母亲前两日打电话问我是否买了回家的车票，并说她已经将鲫鱼红烧好了，腊肠也蒸熟切好了，就等着我回了。我听后满脸歉意，因为自己有意无意提起可能回家的事情,母亲就当了真,忙好了一切等着。因一些原因,我无法回去,听到我的解释的她,只说着没关系没关系,所有的菜都可以放冰箱,等着我下次回去吃。

她说的有一句话,让我哽咽又让我心生温暖。她说:"我知道你肯定会回,所以不管等多久,我都会等。"后来她又说,"近来没有什么事情,在院子里剥着蒜头,叠着七月半要用的元宝,以前这些都是你在家干的呢。"

当我看到"炊烟起了,我在门口等你。叶子黄了,我在树下等你。夕阳下了,我在山边等你。我老了,在来生等你"时,总是不由得想起母亲,想象着她做好了香喷喷的一桌饭菜,在夕阳快落时,站在家门口的那棵芭蕉树旁,望着我回来的方向。

等到我自然是满心欢喜,等不到就独自回屋,反正夏天走了,她都还在等我,就算冬日来了,等的心意还是一如既往。被等着的我,是幸福着的。而等我的她,一直有着期盼。生活一日复一日,若是没有期待和盼望,她说她的日子会索然无味,因为等我,总觉得每天都有着平凡而踏实的确幸。

今日翻开日历,已然中元节,于是那些平日里散落的思念在这种特殊的日子里被放大。外公离世已经十五年了,还记得七八岁的时候,他拉着我的小手,边摘着南瓜边说:"等你长大了啊,给外公煮好喝的南瓜汤,要学到你外婆的手艺哦,你可要记住南瓜汤的味道。"

如今,外婆的背越来越驼,早就不煮南瓜汤了,却总爱收集着南瓜的种子,等着有一日种下去,结出南瓜来。我知道,南瓜一定是外公喜爱的食物,所以外婆才久久不能忘。隔世离空的遥念,在风中沉吟着,我已经长大了,外公却等不到我煮的南瓜汤了。

这是等不到的无奈和悲伤,我不知道另一个世界的他是否仍在等着,但现世的我是多么想仍被他牵着手,听着他的絮絮叨叨。不光我在等着,外婆也在等着，她会眯着眼睛看着被秋风吹落的水杉叶，说："老头子，我等着过去找你的日子呢。"

外婆从不说想念，因而她日常的等待染上了流云尽处淡而不息的爱。让人心疼着，却也只能说着"思君如满月，夜夜减清辉"。在岁月面前，她除了等一个不可能等到的人，她还能改变些什么呢？可等待，对她来说，已经成为了生命的意义。

诗里的最后一段是这样的："马儿也在等你，没有了伴，怎能独自去远方的水草地？"我相信与你必将旷日持久，所以才敢说一句来日方长。因为相信我们会结伴，你会来，我才会等。一个人不是不可以往前走，只是两个人一起看风景不是更好吗？

白茶，无事，我伴着清欢，等着风，也在等着你。

站在雪的世界里

　　清晨，推开窗户的瞬间，看到银装素裹的世界，我十分欢喜。

　　定是下了一整晚的雪，你瞧，哪户人家的屋顶上不是厚厚的一层雪？哪一寸土地上不是白白的雪？就连庭院里的那棵枇杷树上，都落满了雪。天地间，目光所及之处，皆是雪，白茫茫，亮堂堂。

　　我不顾钻进屋的寒风，不顾自己没穿袜子，兴奋地跑到阳台上看雪。阳台蓝砖上的积雪，如白砂糖，如粗盐粒，平平整整地铺着。我情不自禁地想在雪上写下：你好，2019！哪知，碰到雪的一刹那，手像弹簧般迅速缩回，好冷，好冷。

　　但冷，才是这个时节该有的模样。瑞雪兆丰年，年后的这一场雪来得叫人高兴。我可以看到被白雪覆盖着的乡野，河岸边生长的矮油菜露出边角的绿叶，田圃里的青菜在雪下显得更青翠，远处的小麦田隐隐约约透着生机……在寒彻骨的冰雪之下，万物是在蓄积着力量，等待着春暖花开呀！

　　"哗啦！"一团雪从我眼前掉落，那是屋檐上的雪划了下来，落在水泥地上，摔出了花。我探出头向下望，地面上的雪已经有了脚印，母亲也正在扫着门前的雪。我穿好鞋袜下楼，从背后抱住母亲，轻声问她："冷不冷呀？"母亲一愣，转而回头，嗔怪地说道："小调皮，赶紧回屋去，再加件衣服。"我松开手，甜甜地说："好的，母上大人。"母亲听后，被冻得通红的脸上笑出了花。

实在是喜欢这场雪，喜欢雪后的世界。一吃完早饭，我就拿着手机走在雪地里，把美丽的雪景留在镜头里。最先想拍的自然是那棵正在开花的枇杷树，墨绿的枇杷叶上盛满了雪，一串串的枇杷花更是和雪融为一色。真是应了那句"枇杷花开如雪白，杨柳叶落带烟青"，开在雪里的枇杷花，别有一番韵味。

枇杷树下种着大蒜，蒜叶被雪压得很低，几乎是贴着地了。而一旁的草头，一簇簇地生长倒是精神得很，顶着雪也翠绿着。蚕豆、萝卜、青菜、生菜，母亲种的蔬菜都没有消失。小时候总以为冬天太寒冷，植物都被冻死了，看不到绿色，其实有许多绿色的植物在萧瑟之中好好存活着呢。看着它们，我心里一遍遍地说着，真好，真好呀。

河水还是流动着的，已经多年没有见到河水结冰了，竟有点怀念小时候在冰上玩耍的时光。我蹲在岸上拍着枯黄的芦苇，它们随风而晃动着，身上承不住一点雪花，柔弱得像久病的女子。正当我聚精会神的时候，忽然听到几声"扑棱"，只见一只水鸟在水上扑打着，河里的鱼不断在跳跃。不一会儿，水鸟叼着鱼飞走了，留下惊叹画面太生动的我。

我在雪地里走着走着，走到了奶奶的老屋。多年前还有欢声笑语的屋子，现在已是断壁残垣，它被雪覆盖着，显得更凄凉。我曾在屋子里吃着奶奶煮的青菜面条，曾和哥哥争抢着烤得滚烫的红薯，曾一个人坐在板凳上呆望天空……而今天，我站在它面前，看到的只是残砖破瓦，悬着的房梁上一层雪。雪无声，那些逝去的岁月亦是无声。

我在老屋前站了许久，也沉默了许久。越长大越明白，有些人和物是留不住的，世界在变，我们亦在变。以前是年年冬天都会下雪，小孩子们奔跑在雪地里，打雪仗、堆雪人，玩得不亦乐乎。而现在，几年才能见着一场雪，再欢喜也只有自己一个人看着雪中的世界。从傻傻玩的孩子，长成感触良多的大人，终究是有点寂寞。

　　明明是高兴地跑出来看雪，竟看到最后万分伤感，定是在雪里站久了。罢了罢了，我搓着手走回家去。回到暖和的房间里，母亲瞧见我鞋子上的泥，一阵责怪，拿着抹布弯下腰去帮我擦鞋。我看到母亲的头上，数不清的白发，真如外面的白雪。我默默蹲下去，抱住了她。

　　我把手机里的照片翻给母亲看，夸着她种的枇杷树好，菜园里的菜好，讲着水鸟是多么厉害，感慨着老屋的破旧……母亲呵呵笑着，不停地说："照片拍得好，拍得好。丫头冷不冷，泡碗豆浆给你？"

　　在这个雪天，我看见了绿意，感受到了生机，也看到了颓败，感受到了沧桑。无论我欢喜还是感伤，雪，只是落满大地的雪。

再见，我的打卡少年

十六七岁的年纪，我在老家的中学读书。

五层的教学楼，白蓝相间的砖瓦，朴素又干净。教学楼前长了两棵高大的白玉兰树，每年的春天会在枝头绽放着盈盈的花朵，大大的花瓣如同少女天真的脸。我很喜欢花开的季节，风一吹就能闻到花的清香，让我枯燥无味的学习生活变得活色生香。

那时的我，不爱学习，经常上课迟到，成绩总是拖班级的后腿。尤其是化学，我根本听不懂，化学老师仿佛有魔力一般，无论我喝多少咖啡都能成功被他催眠。化学老师找了我几次，好言相劝过，也严肃批评过，可我依旧无法提起精神学好化学。后来那位老师也放弃了我，上课见我朝着窗外发呆也不过问，听之任之。

也许是因为我不熬夜做题的缘故，我总是宿舍里起床最早的那个。不过珍贵的清晨时光，我并不会用来读书，而是爬到教学楼的五楼，趴在栏杆上看玉兰花。那是离玉兰花最近的地方，伸出手就能碰到盛放在枝叶间的白色花瓣，芳香会沁满心脾。我就那么默默地看着朝阳从东方升起，阳光照在玉兰树上，一切都带着神秘又静美的色彩。

　　那个一米八的少年，就是在某个阳光明媚的清晨出现的。他穿着干净整洁的白T恤，瘦削的脸庞，轮廓分明的相貌一下子入了我的眼，让我平静的心掀起了波澜。他向我站的方向走来，以一句寻常不过的"嗨，同学"开始打招呼，我却怔住了，低着头，脸红到耳根。

　　他问："为何这么早一个人在五楼呢？"我指着玉兰花，轻声说："看花呢。"他又问："这是你最喜欢的花吗？"我紧张地点点头，手擎着衣角。微风柔柔地吹着，我们迎着朝阳，伴着花香，简单地认识了。然而，过去多年后，我才意识到那个少年在初见时就成为了落在我心头的一颗露珠。晶莹，美丽，却也带着忧伤，注定要因为日光而消逝。

　　与少年相识之前，我只是偶尔去看玉兰花，但之后我日日去看玉兰花。他却不常出现，见不到他的清晨是失去了色彩的，花都黯淡了许多。但若是见到他，我的一天都是欢喜着的，心明朗朗。我们只在五楼相见，只在清晨交流半小时，校园里的其他地方一次都没遇见过。青春懵懂的我，把那当成了爱情的秘密。

　　年少时喜欢一个人，眉眼里都是他，藏也藏不住。听不进去的化学课，我用来想他，想着想着，便在书本上将他的模样画了下来。画自然是不像他的，他的眉毛清俊些，他的鼻梁高挺些，他的嘴唇也薄些，他比我画的要好看很多呀。但我还是痴痴地望着画笑，画在眼前，他在心上。

　　我把化学书上的画带给他看，他蹙着眉头："这是我吗？"面对他的提问，我尴尬地抓过书别在身后，假装不理他。他忽然大笑起来，嘲笑我蹩脚的画技，又佩服我的大胆。"谁都知道化学老师很凶，怎么能在化学书上涂画呢？看来化学是学得一塌糊涂了。"他一下子看穿了我，让我有了几分羞愧。

　　"那你可以教我化学吗？我真的学不进去。"我转过身去，有些委屈又有些撒娇地望向他。少年爽快地答应了，并和我约定每天清晨都会在玉兰花旁打卡。他每天教我一道化学题，布置一道作业，我第二天交给他。他的语文不好，所以他每天清晨会背一首诗，我亦会检查背诵是否错误。

我们准备了一个日历本，将每天的情况记录下来。晴天的相见画的是小太阳，雨天的相见画的是小伞，学习顺利画的是五角星，学习不顺利画的是三角星……偶尔我给他带煮熟的鸡蛋，偶尔他给我带温热的牛奶，我们倚着栏杆看书，一旁的玉兰花静悄悄地开着。

整整一学期，我们按照约定清晨打卡着，看到各自的成绩上升了，心照不宣地感谢着对方。放暑假的前一天，我们约定好下学期继续打卡，直到我们毕业考上大学。可是，新的一学期我却没有等到他，一直到毕业，我都没有等到他。

我仍然每天清晨到五楼，看书做题或者什么也不做，就站着看朝阳。我希望他又如初见的那天一样，穿着白色的T恤出现在阳光里。但他从未出现过，无论晴天还是雨天，一次都没出现过，我的心重重地失落着。那一树的玉兰花，早就凋谢了，只剩下枝叶，我每天都问玉兰树，那个少年哪里去了？他还会回来吗？他还记得我们之间的约定吗？树不语，叶子随风"沙沙"地响着。

在漫长的等待时光里，我万分后悔当初没有问他的名字，没有要他的联系方式。多傻的自己，告诉他自己的名字，告诉他自己的联系方式，告诉他自己的童年，告诉他自己未来的梦，将一切都告诉了对方。而他呢，却只告诉了我，他喜欢我的笑眼。

高考结束，我和同学们吃散伙饭。那位严肃的化学老师在饭桌上，被男同学们一杯杯敬着酒，最后醉意上来了，竟然流了泪。我们皆以为是离别的氛围太浓了，却不知他的伤心另有原因。饭局散场时，他喊住了我，说有话对我说。

我不明其意，谨慎地跟着他走，一直走到校园的那棵玉兰树前。满脸悲伤的化学老师，递给我一本日记本，干净的封面，打开看到的是隽秀的字体。"如风说，你最喜欢玉兰花，日记里夹的玉兰花书签应该是送给你的。"接着，我便从老泪纵横的化学老师那儿得知了约定好的少年没能守约的原因，不想相信，又不得不接受。

少年在暑假里出了车祸，未能救回来。他是化学老师的儿子，和我是同一届，因为想帮助我提高化学成绩才在那个清晨出现。他的日记里，记录了我们打卡期间发生的点点滴滴，那份单纯美好的感情，藏在字里行间，我看后情不能自已。

高考志愿，我填了离家很远的大学，因为少年在日记里说，他要去远方看看。四年大学时光，我勤工俭学，利用假期去了全国很多地方，拍了很多照片夹进了日记本里。本该是两个人走的地方，我一个人走过。

青春如奔流的江河一去不复返，玉兰花开了又谢，谢了又开。日记本上的字迹已泛黄，少年的模样也逐渐模糊，我知道，那个如露珠般干净的少年再也回不来了。我终要对着玉兰树，说一句：再见，我的打卡少年！

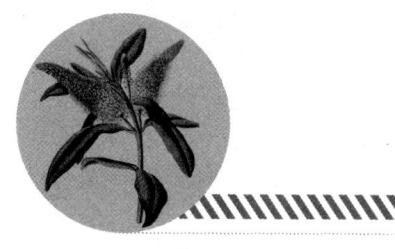

第六辑　怀念不必多，但一定要有

我所要怀念的

怀念不必太多，但一定要有。

我记得第一次听田馥甄所唱的《小幸运》时，我和一位男生在电影院里看着《我的少女时代》，沉浸在一个天真的少女暗恋的羞涩脸红、初恋的酸涩感动和转身遇到他时的庆幸满足中。我离场的时候是带着歌曲的旋律，但走了几步就本能地抓住了男生的手。

看电影的时候我便有些头晕，但还是全身心投入到了情节中，电影结束发生了晕悸。如今每每听到《小幸运》，便想起当时自己本能地去信任那位男生，被搀扶着走过青青草地，一步步走近钟声响起的校园的情景。曾经我和爱情靠得那么近，只是当时不觉而已。

五月的风是带着热气又添了离别的气息的，因为我真的是要离开生活四年的大学校园了。于是一人走在古色古香的校园里，看着依旧有情侣站在上面吹风的情人坡、看着图书馆里安静陈列着的书、看着钟楼上默默走着的秒针……我突然就不想离开了，不想那些熟悉的场景成为了我去另一座城市的怀念。但，我不得不挥手作别。

既然离别是必然，我想尽可能不留下遗憾。去教育超市买了信纸和信封，带上了一只黑色水笔，我去了最常去的博远楼的自修室。古旧的桌椅，考研的资料书，复习着、休息着的五六个学生，如常如往。我曾经也是他们的模样，只是现在我展开的不是书本，而是要写给老师们的信纸。我想我已经习惯了那颗感恩之心，每逢毕业都会给值得我花一个下午，写字写到手指痛的那几位对我关怀备至的老师们写一封信。

并非是为了矫情，而是那个下午的时光，透过窗户吹到我纸上的风，它们告诉我，那是应该的。我是该有多幸运，遇到了他们，能够继续写感谢信。

想走许久都没有走过的路，想见许久没有见面了的朋友，想做曾经想做至今未做的事情。将所剩不多的几日做好了安排，以便能够见到更多想见的朋友，感受到风景里被赋予的意义。不知道是在何时喜欢的朴树，喜欢上了"我曾经失落失望失掉所有方向，直到看见平凡才是唯一的答案"，我想在苏州的这四年里，我绝望过也渴望过，哭过也笑过，最后真的平凡着。

和认识十几年的闺蜜们吃了饭，吐槽毕业实验、留学之路漫漫、社会水的深浅，看了一场不断飙泪又满心震撼的电影，玩到了一直想玩的娃娃机，还得到了两根游戏场上的棒棒糖。我们曾经是那么叛逆又那么幼稚，而长大后的感性和理智告诉我那真的是曾经，可我真的会怀念曾经。所庆幸的是，长大后仍有人愿意陪着你回到过去的时光，哪怕就一个下午。

对独墅湖的感情是深的，自己在那里度过了最开始的一两年大学时光，也有十分重要的朋友还在那里，所以一定是要回去的。我看到的应该还是两年前看到的那条杨柳依依的护校河，宿舍楼下那歪着长的夹竹桃也重复地开着热烈的红花和白花，一期和二期校园的马路边上还有我当时上课天天惦记着黄色枇杷，学弟学妹们坐在教室里犯着困……我路过的每一处，都有我过去的影子，都能让我想起当时的谁谁。

与艺已经是小学、初中、高中、大学的校友了，不经意间的感慨会发现原来我们从未刻意却也相伴了这么久。我自然而然地带着学士服去找在独墅湖的她，一起穿着学士服拍了毕业照。我们都不是专业的摄影师，可在彼此的镜头下，我们能够笑得很自然，笑得很灿烂。凌晨一点钟，我们还很有兴致地一张张看着我们拍的毕业照。

有些感情似乎是上天送到我们眼前的，因为不需要千方百计地去迎合，缘分让我们在一起，我们只是做到了彼此珍惜。不需要惊天动地的故事，我们的情谊早已沉淀变得醇香。

师师改好毕业论文找我的时候，已经接近十一点，那是能够和我绕着操场一遍又一遍走的女孩。我们大概有半年没有见面了，所以在宿舍楼下的沙发上彼此靠着，聊着半年里各自的生活。挑不出什么深刻意义的话题，但何必一定要所有的交流都有意义呢？待到宿管阿姨的灯关了，鼾声响起，我们才意识到夜已经足够深了，一如我们之间的感情。

第二日从独墅湖回来的公交车上，我正对着太阳站着，随着车子的前进，我想起那句"我一直都在努力往前走，想把一路风景都看过"。我想自己应该是个固执的孩子，明明知道有些路再也走不到当初的感觉了，还是要重新走一遍。大学里有些人，我们靠近又趋于陌生，深知毕业之后再也难见。于是，我想踩在我们那个交点，什么也不干，就在那个交点停留一会儿，便足够了。

归时看到独墅湖的水还是潋滟着，便想到四年前哥哥毕业，我那时大一，跑到本部去帮他拍毕业照，后来又回到独墅湖、去了耶稣教堂、一起看了落日。当时他总是感慨："妹子啊，好好珍惜你的大学生活，等到你毕业了会十分怀念的。"是的，再次去往独墅湖拍毕业照，风景依旧，但毕业的人变成了我，我真的很想念那些美好的时光。

徒弟说再过十年来看学校，学校还是这个样子。谁说不是呢，所以我并不是单纯地为了看日日都存在的风景，而是为了看出现在风景里的人儿的啊！趁我们还在校园的这些日子，我们再一起好好讲讲道理，我们可以争辩、可以认同、可以各抒己见，保留各自想保留的，让留不住的东西就飘散在那个下午的风里。

　　我说独墅湖校区的石榴花是开得最长久的，可以从五月开到七月。我说北校区的垂丝海棠是最让我想念的，因为在食堂前开得安静又甜美。我说本部的樱花是开得最浪漫的，它们在东吴桥边毫无保留地盛放着。我说东区的桃花是开得最让人幻想的，因为之后结的桃子是可以摘着吃的。我记得每个校区的花，它们的花季，它们的特色，因为我是真实爱过它们啊！

　　我总是会想很多，但有时真的什么都不去想。我是不带着想法和你走在河畔的，我是情不自禁地想再见你一面聊一两句的，我是无意中又播放到《小幸运》的……我都已经走到了离别的路口，看见花儿绽放，便是静静地看着它们绽放，怀念的太多，我怎么向前继续走？

　　沉默着，张扬着，只是各个阶段的我们而已。我们的人生是连续着的，这一站我已如愿，可以微笑着去遇更多的人，去赏更多的风景。我性本不热烈，但愿如莲水上静静地开。

　　我所怀念的不多，以上便够。

亲爱的姑娘，我们会遇见幸福

午后，一个人走在梧桐叶开始凋零的路上，听着胡歌的《逍遥叹》。歌里唱到"知己难逢几人留"时，我仰起头，丝丝的雨带着凉意飘落在脸上，忽然就想起了你。

记得你来的那个周日，天气好得很，秋还是暖暖的。我们隔着马路也能认出彼此，用力挥着手，笑得比阳光还灿烂。你从苏州来看我，坐很早的高铁，为了能让我多睡一会儿，所有的路线都自己搞定，到了才联系我。

我们一起去菜市场，像家人一样去挑选中午烧煮的菜。不经常下厨的我们，很多蔬菜都不认识，一边向卖菜的叔叔讨教，一边又热情高涨地看见什么都想买，期盼着能够烧煮出美味来。很早听到一句话："如果你遇到的人愿意和你一起去菜市场买菜，并且和你谈笑风生，那么就是对的人。"如此说来，你应该就是我遇到的那个对的人了呢！

昨天是你的生日，下班后看见你发的长段长段的文字，心想着若是在同一座城市里，不管怎么样都应该和你一起庆祝这个特别的日子。"这座小城，它落后，它脏乱，它没有高楼没有大厦，它尘土飞扬，它比不上我后来去过的任何一座城市，可是，它却是最牵动我内心的地方，是我忘不了的地方啊。"

我读着，想象着你敲打下文字时思乡的心情。姑娘啊，一个人过生日很想念家人和朋友吧？是不是连蛋糕也没有舍得买呢？再好的城市，没有陪你的人，是不是很想回到你的小城？很明白你的感受，因为我在异乡过了好几个生日，许下了好几个心愿，默默地。

可亲爱的姑娘，那么认真和那么纯净的你，不要担心会一个人走很久。正如你我相遇，带给彼此生活中的温暖，我想你的善意和体贴一定会让你身边聚集同样的人。下一个生日，一定会有爱你的人陪着你，朝夕的温柔触手可及。

你我有一个"一年之约"，我们都想知道一年后的自己会成长成什么模样，许下的愿望能否实现。冰心有一段话，我很喜欢，想送给你，欢迎你迈入新的二十四岁。她说："爱在左，情在右，在生命的两旁随时撒种，随时开花，将这一径长途点缀得花香弥漫，使得穿花拂叶的行人，踏着荆棘，不觉痛苦，有泪可挥，不觉悲凉！"让这段有爱有情的话，陪着我们的约定，一起走下去吧。

这一年里，我们会发现很多事情不如意，很多道理败给了我们太年轻。你说工作有时会让你觉得压抑，我说自己忙碌得很疲惫。你说入了社会，真难交到知心的朋友，我很明白现实里精明的人太多。我们有时候很不理解这个社会的运行法则，会有失望会被伤害。所幸的是，我们还没有放弃，学着适应，学着保留善意，还有爱的能力，还期待着幸福来临。

我喜欢那个你来看我的日子，有那么明媚的阳光，有那么热闹的菜市场，有那么贴心的你。想给你很多东西，但发觉永远没有你给我的多，于是什么东西都拿不出手了。只想将独一无二的心意，藏在有你有我的光阴里。余生还很漫长，我们可以结伴很久。

　　文字越来越浅了，写不出深意，暂且搁笔。在已然立冬的今日，很想念你，往后的天气应该会凉很快，记得添衣，记得好好爱自己，记得坚信：我们会遇见自己的幸福。

我眼里的蒋坤元老师

我不擅长写人,这是一个事实。蒋坤元老师,他被许多朋友写过,也是一个事实。

所以,我迟迟没有写蒋老师,自觉写不好他,自觉不如别人所写。可近日回家的路上,总是会在看到天空那些卷舒的云朵时,想起经历过磨难打击仍坚持梦想并将其实现的蒋老师。于是,我开始动笔,写写我眼里的蒋老师。

我认识蒋老师时,并不知他在商海和文学界的名气。不知道他是苏州正翔压延厂的厂长,不知道他出版了三十多本小说、散文等著作,不知道他今年签约了三本书。我是不太关注风云的人,认识一个人,只愿相信自己眼睛所看到的,内心所感受到的。

那日我坐着火车从上海回苏州参加书展活动,火车行驶过程中,晓风哥、蒋老师时不时询问我到哪里了,大概何时到站,他们会在火车站接我。作为一个在苏州上了四年大学的人,我对于苏州一点都不陌生。可他们待我如远方而来的人,怕我不认识路,便早早在车站等着了。第一次有人在车站迎接我,并且是从未谋面、无比真诚的人,怎能不让我心生感动?

蒋老师在开车带着我、刘静、玉琼几位文友一起去苏州博览中心的路上,和我们聊着他在简书被别人抹黑的事情。他说,他捧着一颗赤诚的心,爱着文字,广结文友,却不料并非所有写文的人都是单纯因为热爱而写,他气愤那些利用文字来伤人的人。某一日,他真的很伤心,便将简书里写的几十万字的文章全部删除,一般人是舍不得的,但他觉得文字失了净土,才是最心痛的事情。

在那段路上,我开始一点点了解蒋老师。他把我们都当作自己人,说他过去欠债开厂的艰辛,说自己成功后如何教育子女要低调、勤奋,说他对文字有着怎样的热爱。他谈了很多,消去了我第一次与他们见面的尴尬,让我很快融入到他们中。他说,我们因为文字结缘,就是一家人了。他,虽被写文字的人所伤,但到底还是相信着文字的力量,相信善良。

在苏州书展的两天,我还知道了他是个爱付出的人。不光请我们一群人吃饭,还买了书送我们,路上连书都帮我们女生拎着。他说,大家一起走,高兴。饭桌上谈文字,聊生活,高兴。他高兴,大家高兴,便值得了。茫茫人海,能够聚在一起,本身就是需要珍惜的事情,所以他愿意做那个乐呵呵付出的人。

他是有上亿资产的有钱人,但是他没有摆有钱人的架子,反而很亲切地对待着我们,让我们觉得很舒服。他经常念在嘴边的一句话是:"我蒋坤元,不要做那个活着被人奉承的人,要做死后你们大家谈起我,都说好的人。"接触过蒋老师的人,自然知道他的为人,称赞他"温儒、热情、亲和、大方",说他好并非是奉承,大家都是真心实意。

第二次和蒋老师、晓风哥、玉琼相聚是因雪梅姐邀请我们去新场玩。

蒋老师一见我，便笑嘻嘻地说："木兰溪啊，上次看到丁立梅开心得不得了，我从没见人这么喜欢一个人，你可是让我印象深刻了哦。"他的话，一下子唤起了我在书展的幸福回忆，大家听后也都开怀大笑起来。

新场古镇朴素、干净，有着城市里难见到的农家物什、生活方式。蒋老师虽是比我父亲还要年长些，仍如小孩子般纯真、可爱。他见了古镇里有人家晒了酱瓜，立刻被吸引了，拿起一根便尝起来，直夸好吃，随即便买了。他告诉我们，尽管现在可以吃大鱼大肉、珍稀食物，可他最爱吃的还是酱瓜配小米粥，穷过、富过，也最知生活原汁原味的味道。

在参观过程中，蒋老师比我们年轻人还爱拍照。他见斑驳的墙会拍，见蓝布包店会拍，见桥拍桥，见花拍花，见石拍石……他的人生阅历相当丰富，却仍然欣喜所见之物，这是他的可爱。我们一群人，因为熟悉也自然会打趣着说，"瞧瞧，蒋老师又要写文了，出来玩都是在积累着素材呢！"他听了，笑着说："是的，我要写的，我回去了就写，不睡觉也要写。"他如实说出自己的想法，在我们面前，从不掩藏，真实得很。

古镇有一处"201314"爱情主题休闲吧，蒋老师最先看到，立即招呼着大家过去拍照。他说遇见爱情啊，一生一世多么幸福的事情，一定要纪念留影。他对着我和玉琼说："你们现在正是年轻追求爱情的时候，我要祝你们早点遇见一个好小伙儿，谈一场美好的恋爱，到时候也带给我们看看……"他希望我们在最好的年纪，享受时光，享受爱情，言语里流露出一位长者对晚辈的疼爱。

前几日，我写了一篇自己过二十五岁生日的文章，蒋老师在下面留言："丁立梅说，二十五岁一定要嫁人的。"看到留言的一刹那，我便被逗笑了。他的留言是最出乎意料，最风趣的一条。他说，我是个极其阳光的女孩，见到丁立梅露出的笑太灿烂了，真的印在他脑海里了。我想，他的这条留言，若是丁立梅老师看见也定是要开怀大笑的了。

不知不觉，写了很多碎碎的文字，蒋老师的许多特点还是没有写到。他其实很像秋天里的云，在高处，有着自己的魅力，同时又让人觉得很亲近，很舒服。我望着云会笑，想到他唤我的那一声声"木兰溪啊，兰溪啊"，会心生温暖和感动。

相信，我还会和蒋老师再见，我们一群人还会一起走很久很远。

南方姑娘和北方少年

一

爱情是一场美好的遇见，在人海里，在文字中，在声音可传达处，有两个人神奇地遇见了，故事便发生了。

张三的歌和依依认识的时候，他还是个不安分的少年，青春热血像是装在酒杯里的烈酒，单是让人握在手里看着，浑身就会有一种冲劲。他爱民谣，他爱闯荡，他爱所有年轻人该有的模样。"张三的歌"并不是他的名字，只是他的网名，而他的头像是一个耍酷少年帅帅的侧影，那个少年背后有一片礁石，他看上去桀骜不羁，同时又孤独无依。

依依和张三的歌认识的时候，她还是个羞怯的少女，是会"倚门回首，却把青梅嗅"的姑娘。她有着一头长长的秀发，在阳光下柔软飘逸，望上去便是岁月静好。她爱轻音乐，她爱停驻观赏花草，她的身上有文艺女生的书墨香。"依依"是来源于她喜欢的《诗经》里的"昔我往矣，杨柳依依。今我来思，雨雪霏霏"，她的头像是一枝紫罗兰，喜冷凉的草本，花语是永恒的美与爱，质朴、美德和盛夏的清凉。

这样两个完全不同的人，在一个青年志愿者群里相识了，是一个风和日丽的下午，也是一个风大浪高的下午。

二

张三的歌是在甘肃兰州上学的，那个最初相识的下午，他穿着褐色的短袖，带着一顶黑色的帽子，本是和室友约好去黄河边拍照的，哪知室友约了妹子。他是骂了一路"我去，太特么见色忘义了"走到黄河边的。可他本就不是爱计较的人，嘴上骂过事情就过了，何况看见满眼混沌的黄河水翻涌的场景，心中一阵一阵被震撼着。"妹子哪如风景好，傻子才会恋花草。"他是极其喜爱黄河水的，也是无比敬佩黄河流域孕育出来的文明。他想，这一生一定要沿着黄河走一遍，好好感受，勇敢去生活。

于是，他想起了"青年志愿者群"，那里汇聚的都是和他流着同样血液的青年人，或许正有人筹备着一场青年活动，他应该也加入到行走的行列，去电影展、去山区支教、去国际音乐节……具体加入哪个没关系，参与进去就会有意义，可以结识一帮有趣的朋友，可以走到天南地北，那就足够了。所以，他发了句："最近有什么活动吗？"

几乎是秒回："没有呢。"没有呢，没有呢，那么这个回复的朋友是不是也很遗憾没有活动可参加，要不直接聊聊有没有什么想法？他立即申请加她为好友，直截了当地问道："有什么好活动的想法吗？"坐在黄河边的一块大石头上，那一阵风推送着浪，风声水声交贯入耳，他情不自禁地拍了照片，自然而然地分享给对方。虽然是网络里初认识的一个陌生人，但那一刻就好像和一个老友聊天一样，告诉她这边的风如何激荡着浪花，告诉她自己想要去闯荡，告诉她浪迹天涯的豪放。

"真好，我都没有看过这样的黄河水呢。"没看过，正好我背后就是黄河水，那便录段视频发过去吧，还有现场的声音。张三的歌如此心想。他对着黄河拍了一段视频发过去。他很喜欢分享，也很喜欢结识朋友，但倒不是谁都能成为他的朋友，必定是要志同道合，有共同话题的。

那个下午，他和依依聊了很久，从黄河聊到长江，聊到高中地理，聊到兰州天水，聊到敦煌莫高窟，聊到牛肉面浆水面……他似乎没有和女生畅聊过那么长时间，也没有聊自己喜爱的事物那么多过，从前总觉女生就爱看韩剧和言情小说，极少关切流域文化，极少对陌生的省市感兴趣，极少听网友的往事和未来想法。但依依的出现，让他觉得，要么是自己对女生的认识错了，要么就是她真的是个特别的女生。

三

依依是在温婉的古城姑苏念书的，江南水乡多是缓缓流着的水，草长莺飞多晴天，那天她带着《你是人间的四月天》去了校园里的一座古亭里看书。亭台楼阁旁是一条很小的护城河，里面还有着红色、黄色的小金鱼在游来游去。她喜欢这般静静的时光，无人扰的清闲和独欢。但久了久了，也想看看外面的世界，听听不一样的声音，从未拒绝过别人热情的邀请，只是也从未争取过那些可以和大家伙儿一起的出行。

加入青年志愿者群是因为想有机会就参加志愿活动，没有机会就算了，一个人看着身边的风景也很好。所以看到有人问有没有活动的时候，依依只是顺口回了句"没有呢"。打算合上手机的时候，看到来自"张三的歌"的好友申请，那便同意了，也许这是世界送来的一份善意呢，毕竟眼里的花草都是美丽的，身边的人都是友善的，你若盛开，蝴蝶自来。

真是一个阳光和有趣的男孩，他走过了那么多的路，他策划了那么多的活动，他的大学活得真是充实精彩，依依觉得很向往。她听着故事，问着山水，她不知道自己也是那么活泼的人，一直喜静却向往着可以成群结伴地去草原、去西藏、去听民谣……兰州怎么听上去那么好听呢，她想起来那首《请给我一支兰州》，她想有一天闻闻兰州的味道，她想见见那个男生描述的天水，想吃一碗兰州拉面，想听一段秦腔。

　　她不是善聊的人，不知道为何那个阳光正好的下午，她惊奇着男生眼里的世界，她问了许多，说了许多，明明陌生的两个人好像认识了很久，没有防备地接受对方提出的有朝一日过去玩的邀请，信善，这世界便是善的。她看着发过来的那段黄河水汹涌的视频时，便信这世上有人过着自己想过的生活，有自己没有的勇气和胆量。流浪啊流浪，为自己去疯狂，大声去歌唱，虽然她只是个安静的姑娘。

四

　　兰州下雪的时候，张三的歌发来了满地大雪的模样，还有自己手中握着的雪球，那个傻傻憨憨的笑脸也一道发了过来。依依看到的时候很开心地笑了，银装素裹的世界里有那么一个实诚的男孩儿，他比依依身处的温暖阳光还要灿烂，惹人喜欢。

　　"你的城市下雪了吗？这边好冷，想念南方。"

　　"大好晴天呢，不知何时有雪呢。南方就算有雪，也是细细碎碎很柔弱的，不像北方那般肃杀和粗狂。"

　　"你愿意过来看雪吗？我想你应该适应不了北方的天气，冷的时候多，风大雪大，活动不便。可是我喜欢冷静的时候，可以思考。还可以想念。"

　　"想念什么？"

　　"嗯，想念南方，想念南方的姑娘，比如你。"

依依看着消息脸红了，久久没有回复。她没有找到一个理由去北方，没有找到一个足够长的假期，没有找到一个动心的人，所以迟迟没有去远方。但，或许他可以成为那个人。依依这样想着，脸又红了，心扑扑地跳着。

"给你唱一首歌吧，不好听别笑啊。"张三的歌发现有勇气行走天下，有胆量喝酒，有志气去实现豪言，可为那个江南女子唱歌儿却很紧张，他练习了好多遍，好多遍，当真要唱的时候却忘了词。

"北方的村庄，住着一个南方的姑娘。她喜欢穿着带花的裙子，站在路旁。她的话不多，但笑起来是那么平静悠扬……南方姑娘，你是否喜欢北方人的直爽。南方姑娘，你是否爱上了北方？南方姑娘……"

依依听着歌，听了一遍又一遍，听到那晚睡着了，脑海里还回荡着《南方姑娘》的旋律。她想自己该为青春行走一次，要不由分说地疯狂一次，人生几何，错过了就错过了，千万不要留遗憾。那晚的梦里，她穿着带花的裙子坐着长长的绿皮火车到了兰州，那儿白茫茫一片，安静寥远。她搓着手在等待，等待那个让她心动的男孩，等着那碗兰州拉面驱走寒意。

五

没有遇到对的人，自然遇不到对的爱情。被伤过很深的人，自然很难相信爱情。那个曾嗤笑室友是傻子的张三的歌，他曾说"妹子哪如风景好，傻子才会恋花草"，因为遇到那位愿意陪他领略风景的南方姑娘，他知道"很容易找到一个人陪你喝雪花，却很难找到一个人陪你浪迹天涯"，出现了便该好好珍惜。

那位仍然喜欢着"杨柳依依，雨雪霏霏"的南方姑娘，她在迈出这场爱情的第一步时才明白为何当初书本里夹着那首罗尔的《你美丽的忧伤》——

> 你的目光有醉人的疼痛，
> 从此注定我终身的漂泊。
> 为了记忆中的那片海蓝，
> 我踏上长路没有回来，
> 哪怕此生受尽伤痛还有煎熬，
> 我追我的梦直到天涯……
> 你目光有醉人的疼痛，
> 从此注定我终身的漂泊。
> 我愿化春风轻拂你的发梢，
> 带走忧伤找回失去的笑容。
> 我愿燃烧自己放出光芒，
> 挥去你泪眼里的彷徨迷茫，
> 还你新生的纯真和希望。

希望你还相信爱情，你还期待爱情，生命里不早不晚会出现那个她/他……

我要热气腾腾的生活

十月已经走到了最后一天,我喜欢上了一个词,叫"热气腾腾"。它是一种热情,是生生不息的状态,是我们昂扬向上的体现。

今晨醒来,鸟鸣啾啾,明媚的阳光透过橙色的窗帘照进屋里,是崭新又美好的一天。我浏览手机时,看见了这个词,顿时内心雀跃。于是,我迅速刷牙洗脸,让自己清醒过来,同时对着窗台上长的那小盆郁郁的绿葱,特开心地笑着。

昨晚手抄雪小禅老师的文章,对她所写的"懂得小喜可观,才会与时间作战时反败为胜,那些属于你的幸福、饱满、气息会不请自来,珊珊翩然"很是钦慕。的确,在生活的重复中,我们很容易忽略那些存在的小喜,也会淡忘生命里的热度,久而久之,成了没有精神气的人。

那便不是热气腾腾的生活,而是死气沉沉的生活了。我有一个很久远的朋友,她叫"茉莉"。认识她的时候,我是一切都无所谓的状态。不去大笑,也不去大哭,每天都是差不多的情绪,走差不多的路,吃差不多的饭。一个才十六七岁的小姑娘,愣是活出了七八十岁老太婆的模样,自己还毫无感知。

茉莉却不同，她是行走的阳光，是随处可以歌唱的姑娘。她看见杏花开了，会手舞足蹈地拉着我去看，她说不久梨花也会满树开了。她眼里的花是那么美，叶是那么绿，即便是风雨，她也会将其看作人生中必须要经历的风景，并且在心中一直期盼着彩虹。

她对着我大笑，拉着我奔跑，在呼呼的风中大声唱歌。她说："你的生活太没有活力了，要有朝气，要满怀热情，把每天过成自己最好的时光。"我逐渐被茉莉感染到，学会去拥抱平常的日子，留心着点滴的美。当我敞开心扉，发现生活并不是沉闷和无聊，它不张扬，却很纯粹，直抵人心。

那段不善言语，不喜表露情绪的时光，是茉莉给了我昂扬向上的力量，她让我在看清人生是满目疮痍后还是保留着心底的善良和温暖，看到的风景仍然是明亮的。她带着我观草长莺飞，看雪花飞舞，鼓励我深夜坐火车去看一个人，去爬郁郁葱葱的小山。她给我写很厚的信，信纸和笔都是精心挑选过的，连写信时吹的风都要是刚好的。那时总觉得她太隆重，我们已然是朋友，便不需那么多的形式，不需那样的热度。

但她坚持，就算细碎的生活，也值得认真对待。茉莉最常说的一句话是："等待一个黄昏的落日很重要"，要对走进生命里的人很好很好，将没有意义的事情积累成生活的厚度。在我开始为一丛花的绽放而心动雀跃的时候，茉莉却离开了人世。在操场上，我放声大哭，奔跑着，嘴里钻满了风。

在最后一封信中，我得知她母亲的病逝，她父亲的再婚，和她的先天性心脏病。我在满目泪流中，体会她写的"人世间的纠结不过是小小的浪花，自己的生命之光，才是尘微中最美妙的花朵"。茉莉于我而言，真的是很久远的朋友了，但有她在的那段光阴，我会一直记得。

她的精神气质，她的阳光灿烂，她给我的温暖，是我热爱生活的起初。现如今，我学会和她一样，依靠自身的光亮，去照耀自己也照亮别人，把生活过成明媚的模样。我知道，茉莉一定希望我活得有真气亦有深情，那才是她拉着我去看花开的意义。

下午在路上看见一丛丛的一串红开得热热烈烈的，我停住了脚步给它们拍照。阳光下的它们很耀眼，我笑得灿烂无比，这是今日遇到的小喜。环卫工人乐呵呵地看着我，他说花是他当初种的呢！我蹲下拍花的身影，留在了他善良的眼眸里。那真好，真好。

十一月即将来临，我要饱满和丰盈，不管在什么环境下，都要是热气腾腾的状态。我想，茉莉把她的热情给了我，生命的美在我这里延续着，很丰富也很有层次。在日后的光阴里，我要加持更多的能量，平凡的日子，也会有蝶飞舞着。

与书结缘，是一件幸福的事情

　　窗外的春风吹进屋来，我抚摸着桌子上的书，看着帘子微微晃动，轻吟那句喜欢的诗："水晶帘动微风起，满架蔷薇一院香。"那一刻，真的很幸福。

　　手上的书是雪小禅老师写的《禅是一枝花》，她把煮墨光阴的清幽和日月的散淡，放在清凉的山河中，我读着读着，便不能自拔地陷进去了。喜欢她的生活方式，听戏、写作、画画、行走，看得见人间的美好，也触摸得到尘世的温度。

　　我很珍惜这本书，不仅仅是因为它记录着雪小禅老师的文字，更是因为它连接着我和远方朋友的情谊。2017年秋天，我给西安的一位朋友寄去了书和手写信，地址是我们的共同好友给的，我们两人并不相识，只是看过彼此网上发布的文章。原以为我们不会再有联系，却在今年春天成为了微信好友，并在聊天之中发现我们有着相似之处。为感谢两年前我的所赠，他亦回赠给我书籍和手写信，我们因书结下了更深的缘分。

　　回想过去的时光，我发现自己在上小学时就很喜欢看书，与书的缘分就是那时结下的。读小学时，我很孤僻，不善与人交流。课间同学们在嬉戏打闹的时候，我常常一个人蹲在墙角看书。当时也没有多少课外书，读得最多的是上初中的哥哥的语文课本、历史课本。虽然并不是都理解，但我依旧读得津津有味，不觉得自己孤独。

在我上初中的时候，有一位同桌博览群书，总是能讲很多新奇的故事。我常常在课间，听她讲《哈姆雷特》《红楼梦》《莎士比亚》等，我着迷于那些书里的情节，也很羡慕她能读那么多的书。于是，我把对读书的渴望写在周记里，也毫不掩饰自己无法买书的困窘。青春期里的孩子，太容易多愁善感了，我的文字读起来总是湿湿的。当时的语文老师是一位心思细腻的女老师，她捕捉到了我的敏感，鼓励大家把自己的书带到学校，互相交换着阅读。在毕业时，她赠送给我一本鲁迅的《朝花夕拾》，上面写着：爱读书的你，会很幸福的。

后来读高中，我很喜欢学校。原因很简单，就是它拥有一个图书馆，里面有很多藏书。我会在体育课自由活动的时候偷偷跑进去，坐在地上读书，看《包法利夫人》《巴黎圣母院》《悲惨世界》……有一次，我溜得太早了，体育老师集合的时候发现我人不见了，发动全部同学找我。一位我起初觉得很高冷的女生最先发现了我，但她没有告诉老师我在图书馆，替我撒谎说我拉肚子在厕所。事后，我小心地问她，为什么没有揭发我？不遵守课堂纪律乱跑是要被批评写报告的，她的隐瞒让我免去了那些。

她的回答，我至今都记得。她说："这个世界不应该责罚爱读书的人。读书，是一种值得尊重的行为，我们要珍惜可以读书的时光。"后来，我和她经常一起去图书馆看书，也会在课余时间交流读书感悟。我也是越了解才越明白，她之前所表现出的高冷，只是她读了万卷书后，拥有了独特的气质，明辨是非，有自己的思想。

大学里，我可以接触到的书籍就更多了，在图书馆里待着就觉得很幸福。我遇到了很多喜欢读书的人，也发现书的魅力真的很大。文学社团经常会组织读书漂流活动，大家拿出自己的书，让它漂到另一个读者手上。我在参加活动的时候发现，书里常常写着大家的读书感悟，娟秀的字留在空白的地方，一本书里会有好几个美丽的书签。大家还会给下一位读者留寄语，甚至会因为一本书举行一个小小的读书会。原本不相识的人儿，因为一本书聚在一起，开心地谈论着书的内容，那是让人欢喜的场景。

悠悠时光，我因为与书结缘，收获了很多人的温暖，让自己不再孤独、无助，融入大家的世界，体会着种种美好，我是幸福的。此后余生，我愿与书为伴，和爱读书的人为友，书写更多有关阅读和爱的故事。